여보!

다시
결혼하자

20~30년 차 부부가
신혼이 되는 부부의 법칙

여보!
다시
결혼하자

김유하 지음

20~30년 차 부부가
신혼이 되는 부부의 법칙

이담북스

목차

다시 결혼해서 찾은 행복

행복한 결혼 생활을 위한 수많은 명언 중 "성공적인 결혼 생활을 하려면 여러 번 사랑에 빠지는 것을 필요로 한다. 항상 똑같은 사람과 여러 번"이란 글귀가 어느 날 마음에 들어왔다.

만약 신이 '지금 결혼생활이 행복하냐?'라고 묻는다면 당신은 망설이지 않고 '그렇다'라고 대답할 자신이 있는가?

아마 신혼의 달콤함을 만끽하고 있는 부부라면 '그렇다.'라고 대답할 것이다. 하지만, 세월의 무게에 눌린 중년 부부라면 자신 있게 '그렇다.'라고 말할 수 있는 부부는 많지 않을 것 같다.

세월이 흐르면 모든 것이 빛이 바래기 마련이다. 우리네 결혼 생활 또한 마찬가지다. 그렇다면 중년부부가 신혼처럼 행복하게 사는 방법은 없을까? 물론 있다. 나는 "똑같은 사람과 다시 결혼하는 것"이 한 가지 방법이라고 자신 있게 이야기할 수 있다.

누군가는 이렇게 반문할 수 있다. '보기만 해도 꼴 보기 싫고 원수 같은데 무슨 결혼이냐? 하더라도 다른 사람하고 할 것이다.' 나도 한때 결혼생활이 힘들었기 때문에 충분히 이해한다.

하지만, 현실을 직시하자. '원수는 왜 나무다리에서 만난다.'라는 말이 있듯이 부부가 보기 싫다고 안 볼 수 있는 사이도 아니지 않는가. 지금 당신 곁에 숨쉬고 있는 배우자가 가장 소중한 사람이다. 시간 속에 빛바랜 그 소중함을 찾아 함께 여행을 떠나보자.

나는 이 책에서 내가 경험하고 시도해 본 "중년 부부가 신혼부부 되는 7가지 법칙"을 소개한다. 어쩌면 누구나 다 생각하고 있는 평범한 방법일지도 모르겠다. 하지만, 알고만 있고 행동하지 않으면 아무 소용이 없지 않은가?

이 책에서 소개한 방법들을 실천해 보라! 그러면 당신도 세월에 콧방귀 뀌면서 행복한 결혼 생활을 할 수 있을 것이다. 변해 가는 본인과 배우자의 모습에 감동하리라 감히 자신한다.

이 책이 당신에게 배우자와 가정의 소중함을 다시 한번 일깨워주는 소중한 시간이 되길 간절히 바란다.

제1장

왜 나는

다시 결혼했을까?

사과 한 봉지로 시작된 인연

그날은 엄청난 하루였다. 1987년 무더운 여름날로 기억한다. 나는 광주에서 자취하고 있는 고교생이었다. 그 시절 친구들 사이에 자전거 하이킹이 유행했다. 나도 자전거를 타고 어디론가 떠나고 싶었다. 친구와 목포까지 하이킹 계획을 세웠다.

드디어 그날이 왔다. 광주에서 목포까지 버스로 한 시간 이십 분 정도 소요되었다. 자전거로 두세 시간이면 충분히 도착할 거라 생각했다. 오전 8시쯤 우리는 전쟁터에 나가는 두 명의 장군처럼 씩씩하게 출발했다.

자전거는 바람을 가르며 달리고 우리는 휘파람을 불면서 달렸다. 10시가 넘자 태양은 강렬했다. 생각보다 오르막길이 너무 많았다. 자전거를 끌고 고개를 넘었다. 온몸이 땀에 젖었다. 괜히 출발했나 하는 후회가 밀려들었다. 후회도 잠시뿐 저 멀리 동네 어귀에 슈퍼가 보였다.

사막에서 오아시스를 만난 기분이었다. 자전거를 빌리고 남은 천 원으로 쭈쭈바 2개를 샀다. 정자에 앉아 하하하 웃으며 먹었다. 시원한 바람과 입안의 차가운 감촉은 시간이 지나도 잊히지 않는다.

바람을 뒤로하고 우리는 다시 달렸다. 한참을 달렸다. 다리에 힘이 풀리고 현기증이 났다. 쓰러질 것 같았다. 더위를 먹은 것일까? 우리의 시선은 정면이 아닌 바닥을 향했다. 장군은 사라지고 오합지졸 병든 병사의 모습이었다.

아스팔트 위로 열기 먹은 아지랑이가 뭉게뭉게 피어올랐다. 그 사이로 무안시장이 눈에 들어왔다. 우리는 수박 한 통을 오백 원에 샀다. 시장 바닥에 앉아 와삭와삭 먹어 치웠다. 금세 배가 불렀다. 이제 다시 달릴 수 있었다. 그렇게 한여름의 무더위와 싸우며 "여기서부터 목포입니다."라는 이정표를 볼 수 있었다.

목포에 계시는 작은아버님이 맛있는 저녁을 사주셨다. 식사 후 너무 피곤해서 기절하듯 잠들었다. 다음 날 목포여상 아래 이로시장이라는 곳을 지나갔다. 어디서 많이 본 여학생이 사과를 사고 있었다. 그 여학생은 사촌 누이의 절친이었다. 사촌 누이 집에서 몇 번 만났다. 얼굴이 기억났다.

"안녕하세요!"

서로 인사했다. 어색했다. 막 가려는데 그 아이가 사과 한 봉지를 건넸다. 나는 미안해서 얼떨결에 주소를 적어달라고 이야기했다. 그렇게 펜팔을 시작했다. 서로를 알아갔고 결국 사귀게 되었다.

그날의 사과 한 봉지가 인연이 되어 결혼까지 하게 될지는 꿈에도 몰랐다. 사귀고 몇 년이 지났을까 집사람이 고백했다. "그날 당신이 자전거를 타고 지나가는 모습을 시내버스 안에서 우연히 봤어요. 설레기도 했고 많이 놀랐어요." 불교에서는 옷깃을 스치는 인연이 5백 겁에 한 번 오는 일이라고 말한다.

그 무더웠던 여름날의 모든 이야기가 불교에서 말하는 인연이 아니었을까?

"성공적인 결혼 생활을 하려면 여러 번 사랑에 빠지는 것을 필요로 한다. 항상 똑같은 사람과 여러 번."

– 미뇽 맥놀린 –

뒤뚱거리는 신혼 생활

"눈빛만 봐도 알 수 있잖아! 옷깃만 스쳐도 우린 느낄 수가 있어! 손끝만 닿아도 짜릿하잖아!" 이렇게 시작하는 노래 가사가 있다. 우리는 오랫동안 연예를 했다. 그래서 결혼 생활이 노래 가사와 같을 거라 생각했다. 그녀의 숨소리만 들어도 눈빛만 봐도 무슨 생각을 하는지 알 수 있다고 생각했다. 나의 모든 것을 포용하고 이해해 줄 거라 믿었다.

착각이었다. 현실은 달랐다. 연예 시절에 볼 수 없었던 부분들이 보이기 시작했다. 결혼과 함께 숨어 있던 본성이 물 흐르듯 자연스럽게 표출되었다. 이런 모습들에 서로 당황했다. 기대와 먼 현실 속에서 아파했고 싸우는 일이 잦았다.

대부분 나의 잘못으로 결혼이라는 돛단배가 심하게 뒤뚱거렸다. 반성하는 마음과 나와 같은 전철을 밟지 않았으면 하는 바람으로 부끄러운 내 이야기를 시작하고자 한다. 먼저 나의 문제점에 대해서 이야기할까 한다.

1. 워라밸을 실천하지 못했다.

삼십 년 넘게 공직 생활을 하다 퇴사한 선배 대부분이 이런 말을 남겼다. "일하느라 가정을 살피지 못해 집사람과 애들에게 미안하다." 선배들 영향이었을까? 나는 가정보다 일을 우선시하는 게 미덕이라 여겼다.

그러다 보니 술자리가 잦았고 늦게 퇴근하는 날이 많았다. 햇빛좋은 주말이면 남들은 산과 들로 나갔다. 나는 주중에 쌓인 피로를 푸느라 이불 속에서 나오지 못했다. 에너지 대부분을 직장에서 소비했으니 당연한 결과였다.

2. 버럭 화를 냈다.

언제부터 그런 습관이 내 안에 자리 잡았을까? 정확히 기억나지 않는다. 아주 오래된 것만은 확실하다. "여보! 책상 좀 옮겨 주세요? 여보! 전구 좀 갈아 주세요?" 집사람이 집안일을 도와 달라고 부탁했다.

그 순간 짜증이 밀려왔다. 이마에 긴 고랑이 생기고 급기야 약도 없다는 '버럭증'이 발작했다. 집사람은 혼자 끙끙대며 일했다. 꼴보기 싫은 '버럭증'과 대면하고 싶지 않았을 것이다. 지금은 '버럭증'이 거의 완치되었다. 그때를 생각하면 후회스럽기 짝이 없다.

3. '고주망태'인지 '인사불성'인지?

나는 술을 좋아했다. 아니 사랑했다. 술을 좋아하는 사람은 저마다 에피소드가 있기 마련이다. 삼십 대 어느 여름밤이었다. 집 근처 공원에서 신발을 가지런히 벗었다. 벤치에 누워 잠이 들었다. 깨어 보니 모기가 얼마나 물었는지 얼굴이 퉁퉁 부어 있었다.

또 다른 이야기다. 어느 가을밤 택시에서 내리며 "얼마예요?" 요금을 물었다. "그냥 내리세요!" 뒤돌아보니 119 구급차였다. 건너 아파트 벤치에서 잠든 나를 주민이 신고한 것 같다.

내가 늦게 들어오는 날이면 집사람이 얼마나 불안하고 초조했을까? 너무 미안하고 죄송하다. 숙취가 가시지 않은 어느 날 아침 집사람 잔소리가 싫어 '다시는 술을 안 먹겠다.'라고 다짐하며 쓴 글이 있다.

애주가라면 동감할 내용이라 소개한다.

제목: 친구 酒에게!

酒! 이제 헤어지자!

이 아침에 갑자기?
30년 우정을 단칼에?

그렇게 말하지 마!
오랫동안 생각했어.
힘들 때 용기를 줬고 외로울 때 위로해 준 거 고맙게 생
각해.
하지만 나도 너에게 최선을 다했어.

엄마하고 각시가 '나쁜 친구니 만나지 마라' 했을 때 널
버리지 않았어.
간이 안 좋아 먼저 간 친구도 조심하라고 했지만 난 널
지켜줬어.
그게 우정이라고 생각했으니까.

여름날 생각나지?
나는 신발을 가지런히 벗고 벤치에 누워 잠들었지.
넌 나를 버리고 갔어.
그날 밤 모기가 천 방을 물었어도 널 원망하지 않았어.

가을날은 어떻고!
넌 정신 잃은 날 두고 떠났지.

택시비 얼마예요? 그냥 가세요!
뒤돌아보니 119 구급차였어.

저만치 웃으며 날 지켜보고 있는 널 봤어.
그때도 한마디 안 한 거 기억나지?

이 아침 뭔지 모를 기분 나쁨과 속 쓰림 때문에 헤어지
자고 한 거 아니야.
내가 항상 이야기했지. 가족은 건드리는 게 아니라고!

너 때문에 집사람 화났어. 몹시! 같이 못 살겠다고 너랑
살라고 하네!
그럴 수 없어. 왜냐하면 우정보다 가족이 소중하니까.

무슨 말인지 알지?

나랑 이별 후 넌 또 누군가를 만나겠지. 항상 그랬으니까.
그때는 너무 많은 정을 주지 않길 바랄게.

잔으로 7개, 병으로 1개,
딱 그만큼이 적당해. 알았지?

친구 酒!
손 떨릴 만큼 보고 싶어도 참을 거야.
너도 날 찾지 마. 항상 건강해. 안녕!

지금 생각해 보면 나는 워라밸을 실천하지 못했다. 작은 부탁에도 버럭 화를 냈다. 그리고 술을 사랑했다. 퇴근이 늦었고 주말에는 베개를 안고 씨름했다. 당연히 신혼 생활은 뒤뚱거릴 수밖에 없었다.

다시 그 시절로 돌아갈 수 있다면 좋은 남편과 아빠가 될 수 있을 텐데라는 아쉬움이 남는다. 젊은 남편이 이 글을 읽고 있다면 절대 나와 같은 실수를 하지 않길 바란다.

"결혼이란 조그만 보트를 타고 긴 여행을 가는 것과 같습니다. 한 사람이 요동하게 되면 다른 이가 가만히 있어야 합니다. 그렇지 않으면 전복되기 십상입니다."

– 디어도어 루빈 –

오래되면 빛이 바랜다!

"시간과 함께 빛이 바래지 않는 게 있을까? 없다. 빛바래지 않게 노력이 필요할 뿐이다."

어린 시절 마당에서 동전을 주웠던 기억이 있다. 얼마나 오랫동안 흙 속에 있었을까? 동전의 녹과 때는 좀처럼 지워지지 않았다. 하지만, 발뒤꿈치로 동전을 밟고 몇 바퀴 돌고 나면 어느새 반짝반짝 빛이 났다. 환하게 웃으며 구멍가게로 뛰어가는 모습이 아직도 생생하다.

우리 결혼 생활은 흙속의 동전과 비슷하다. 시간이 흐르면서 부부관계가 녹슬고 삐걱거린다. 때도 끼기 마련이다. 이 불순물이 서로의 감정을 무디게 한다. 그대로 방치하면 무관심이 권태로움으로 다시 우울증으로 급기야 이혼으로까지 번질 수 있다.

그럼 부부 사이에 낀 때와 불순물을 제거하는 좋은 방법이 없을까? 물론 있다. 나는 '20~30년 차가 신혼부부 되는 7가지 법칙'이

한 가지 비법이라고 자신 있게 말할 수 있다. 왜냐하면 우리 부부가 그 방법을 적용해 위기를 극복했기 때문이다.

그렇다면 지금부터 중년부부가 권태로움에 빠질 수밖에 없는 몇 가지 이유에 대해 알아보자. 이유를 알아야 해결책을 찾을 수 있기 때문이다.

1. 자연의 섭리다.

동전이 녹슬고 때 묻는 것은 자연의 섭리다. 마찬가지로 이삼 십 년 차 부부가 빛바래 가는 것도 당연한 일이다. 감정이 무뎌지고 차츰 호기심이 사라지고 애정과 관심도 식어간다. 서로 익숙하고 편해져 그냥 살게 된다. 신혼의 강렬했던 감정 또한 서서히 빛을 잃어간다. 하지만, 나 혼자만 그런 게 아니니 전혀 걱정할 필요 없다.

2. 사람이 변하면 죽는다.

인간은 선천적으로 변화를 싫어한다. 태곳적부터 변화는 위험을 감수해야 하는 모험이었다. 새로운 땅을 개척하려면 안전한 동굴에서 나와 맹수들이 우글거리는 정글을 목숨 걸고 지나야 했다. 그래서 우리 DNA 깊숙이 변화를 싫어하는 기제가 숨어 있다.

결혼 생활도 마찬가지다. 서로 불만이 있더라도 '그래! 대충 이렇게 살면 되지. 사람이 갑자기 변하면 죽어' 하고 자신을 다독거리며 살아가게 된다. '그냥 이대로' 하는 마음이 모든 변화를 방해한다. 변화 없는 무기력한 삶이 권태로움과 우울감을 불러오는 것은 당연한 일이다.

3. 다 너 때문이야!

누구나 "다 너 때문이야"라는 말을 들어봤을 것이다. 나는 아무런 잘못이 없다는 말도 된다. 손바닥 하나로 소리를 낼 수는 없다. 갈등, 대립, 오해, 다툼이 배우자의 백 퍼센트 잘못은 아니라는 말이다.

배우자에게 모든 책임을 돌리는 습관은 부부관계를 악화시킬 수밖에 없다. '나에게도 문제가 있지 않을까?' 하는 오픈 마인드가 필요하다. 그렇지 않으면 스트레스와 외로움이 찾아올 게 뻔하다.

행복한 결혼생활을 위해서는 '내가 바뀌지 않으면 상대방도 바뀌지 않는다.'라는 말을 항상 명심해야 한다.

"결혼할 땐 이런 질문을 해 봐라. 늙어서까지도 이 사람과 대화를 할 수 있을까? 이 외에 다른 모든 건 일시적일 뿐이다."

– 프리드리히 니체 –

다시 결혼하니 행복하다

아파서 다시 결혼했다

모두가 잠든 새벽 두 시 집사람이 나를 깨웠다. "여보! 숨을 쉴수가 없어요." 대학병원 응급실로 달려갔다. 코로나 시국이었다. 응급실이 환자로 넘쳐났다. 진찰을 받을 수 없어 근처 일반 병원으로 향했다. 아무런 이상이 없었다. 신경정신과를 가보라는 의사의 소견만 들을 수 있었다.

서울에 있는 대학병원을 다녀왔다. 그날부터 집사람은 우울증과 공황장애 약을 먹기 시작했다. "내가 집사람을 아프게 만들었구나!" 생각하니 모든 게 죄스러웠다. 지난 시간을 되돌아보면서 많이 반성했다. 그리고 "그래! 이제 다시 결혼하자!"라고 결심했다. 감사 관련 도서를 보며 서서히 내 삶을 리셋해 나갔다.

다시 결혼해 행복을 찾았다

1. 화가 사라졌다.

매일 아침 6시에 일어났다. 집 근처 텃밭에서 감사 메모를 썼다. 첫 문장은 "신선한 공기를 마시며 숨 쉬고 있음에 감사합니다."라고 시작했다. 그리고 "살림을 잘하고 애들을 잘 키운 집사람에게 감사합니다."라는 말을 잊지 않았다.

감사 메모를 한 달간 썼을까? 많은 것들이 달라지고 있었다. 먼저 내 안의 화가 차츰 사라졌다. 돌이켜 보면 감사 메모가 모든 변화의 시작이었다.

2. 분위기가 좋아졌다.

집사람이 "여보! 이 화분 좀 옮겨 주세요." 부탁하면 이마에 주름살부터 생겼다. 입이 댓 발 나왔다. 옮기고 나서도 "주말인데 쉬게 놔두질 않네." 하고 쏘아붙였다. 얼마나 기분이 상했을까? 지금 생각하면 미안한 마음뿐이다.

감사 메모를 하면서 마음이 평온해졌다. 차츰 버럭증이 사라졌다. 집사람은 이제 눈치 보지 않고 집안일을 부탁한다. 그렇게 싫어하던 이마의 주름도 댓 발 나온 입도 찾아볼 수 없다. 당연히 집안 분위기가 좋아졌다.

3. 관심사를 찾게 됐다.

중요한 약속 외에는 빨리 퇴근했다. 시간이 많다 보니 공통의 관심사를 찾게 되었다. 함께 텃밭을 일구고 전통시장을 구경하게 되었다. 텃밭은 항상 싱그럽기 그지없다. 텃밭을 가꾸며 흘리는 땀방울 안에서 묘한 동질감을 느낄 수 있어 좋았다.

매주 주말 오색시장을 간다. 시장 입구에 들어서면 '펄떡이는 물고기처럼'이라는 책이 떠오른다. 활력이 넘쳐흐른다. 엄마 손 잡고 구경했던 오일장의 추억이 떠올라 좋다.

집사람과 같이 텃밭을 일구고 시장을 다니다 보니 옛정이 새록새록 되살아났다.

어느 날 텃밭에서 싹을 틔우지 않는 쪽파를 보고 쓴 글이 하나 있다. 잠시 머리를 식히고 가자.

제목: 쪽파가 알려준 인생

매일 아침 텃밭에 간다.

얼마 전 심었던 쪽파를 들여다본다.
보통 일주일이면 싹이 나오는데,
십여 일이 지나도록 아무 기미가 없다.

온도 때문일까? 물이 많아 썩은 건 아닐까?
이런저런 걱정을 하다 저만치
심다 남은 대파 모종이 눈에 띄었다.
그래! 갈아엎고 대파를 심어야겠다.

호미로 막 땅을 파헤치려는 순간
희미한 새싹 하나가 보였다.
스투키 모양의 아기 쪽파가
앙증맞게 기지개를 켜고 있었다.

우리 인생이 아기 쪽파와 비슷하지 않을까?

목표를 이루기 위해 열심히 노력한다.
하지만, 너무 쉽게 포기해 버린다.
손바닥 뒤집듯 목표를 바꾼다.
노력의 결실이 막 움트려 하는데
그새를 참지 못한다.

아기 쪽파가 나에게 이렇게 말하는 것 같다.

조급해하지 말고 한 번 더 해봐요.
넘어지더라도 일어나 다시 달리세요.
포기하지 않으면 실패는 없어요.

하늘 향해 두 팔 벌린 아기 쪽파를 보며
오늘도 힘차게 하루를 시작한다.

4. 응원하게 됐다.

어느 날 내가 물었다. "여보! 하고 싶은 일이 있어?" 집사람은 그림을 그려보고 싶다고 했다. 전혀 예상하지 못했다. 미술학원에 등록시켰다. 한참 후 그림 한 점을 가지고 왔다. 그림 속에 우리 집 애견 코코가 단풍나무 아래서 환하게 웃고 있었다.

털 하나의 세밀함과 색감에 깜짝 놀랐다. 처녀작치고는 훌륭했다. 집사람은 나에게 물었다. 당신의 버킷리스트는 없어요? 책을 많이 읽고 글을 쓰고 싶다고 이야기했다. 그렇게 나의 책 읽기와 글쓰기는 시작됐다.

서로 응원하는 마음이 각자 하고 싶은 일을 찾아준 것 같다.

5. 신혼으로 돌아갔다.

캠핑카를 타고 밤낚시를 하는 게 로망이었다. 드디어 사고를 쳤다. 중고 캠핑카를 할부로 샀다. 주차장법으로 캠핑카 인기가 한물 간 사실도 몰랐다. 그래도 즐거웠다. 내부를 같이 꾸미고 필요한 소품들을 사면서 마음은 어느 해변가에 가 있었다.

첫 여행지에서는 빗소리만 듣다 돌아왔다. 하지만 행복했다. 공간이 좁다 보니 어릴 적 소꿉장난하던 기분도 들었다. 연애 시절 버스를 타고 보령 해수욕장에서 물놀이하던 추억도 떠올랐다. 강릉 송정 해변의 밤바다는 아름다웠다. 머리 위를 날던 갈매기! 멀리 고깃배의 불빛! 신혼여행 갔던 사이판의 밤바다가 생각났다. 캠핑카 덕분에 우리는 신혼부부가 되었다.

"함께 살 수 있겠다는 생각이 드는 사람과 결혼하지 마라. 없으면 살 수 없는 사람과 결혼해라."

– 제임스 돕슨 –

제2장

이런 부부들

다시 결혼해야 한다

그림자 부부

어느 중년 부부의 일상이다. 어디서 많이 본 모습인데 하고 여기 저기서 머리를 긁적이는 모습이 보인다. 만약 머리를 긁적이고 있다면 당신도 다시 결혼해야 하는 그림자 부부일 가능성이 높다.

붉은 노을이 서산으로 넘어간다. 남편이 퇴근한다. 집 앞에서 담배를 꺼내 문다. 담배 연기 속에 한숨이 가득하다. 축 처진 어깨를 끌고 현관에 들어선다. 인기척이 없다. 부인은 TV만 보고 있다. 자녀들은 방 안에서 나오지 않는다. 남편은 익숙한 듯 자기 방으로 들어간다.

가벼운 차림으로 동네 상가로 향한다. 빈 소주병 옆에 해장국이 식어간다. "이모! 여기 소주 한 병 더 주세요." 식은 국물에 소주를 다 비우고 비틀비틀 집으로 향한다. 손에 캔맥주와 과자 봉지가 들려 있다. 남편이 방으로 들어간다. 부인은 눈길도 주지 않는다. 그림자처럼 슥 지나가며 사는 그림자 부부다.

머리를 긁적인다면 이 책을 계속 읽어 나가길 바란다. 아니라면
이 책을 덮어도 좋다.

"결혼이 불행해지는 이유는 사랑이 부족해서가 아니라 우정이 부족해서다."

– 프리드리히 니체 –

따로국밥 부부

물과 기름처럼 섞이지 않는 부부! 같은 곳을 보고 다른 생각을 하는 부부! 몸만 같이 있지 마음은 따로인 부부! 말 그대로 따로국밥 부부다. 처음부터 따로국밥은 아니었다. 사랑으로 결혼했던 부부가 따로국밥 부부로 변해 가는 과정을 살펴보자. 본인의 결혼 생활도 진단하는 기회가 됐으면 좋겠다.

많이 사랑했다. 헤어지기 싫고 항상 같이 있고 싶었다. 그래서 결혼했다. 신혼 생활은 달콤했다. 우리 닮은 아이가 태어났다. 너무 사랑스럽고 예뻤다. 보통 여기까지는 행복하다. 지금부터가 시작이다.

부인: 아이가 밤낮없이 울어댄다. 잠을 잤는지 안 잤는지 멍하다. 남편은 맨날 야근에 술이다.

남편: 집사람이 변했다. 잔소리가 심해졌다. 각방을 썼다. 언제 사랑을 했는지 기억나지 않는다.

공동: 아이가 초등학교에 들어갔다. 남들 따라 하다 죽을 것 같다. 아직까지 방을 합치지 못했다.

부인: 큰아이가 대학을 졸업했다. 뒤돌아보니 내 삶은 없다. 가슴이 휑하다. 만사가 귀찮다. 남편이 꼴도 보기 싫다. 설거지하다 울었다.

남편: 사무실 가기 싫다. 눈치 보인다. 젊은 놈들이 무섭다. 애들도 엄마 편이다. 사막에 홀로 선 기분이다. 매일 술이다. 오늘은 울기까지 했다. 청승이다.

남편: 퇴사했다. 할 일이 없다. 만날 사람도 없다. 삼식이다. 산에 갔다. 바람도 쓸쓸하다. 술이나 먹자.

부인: 나만 보는 남편이 싫다. 친구가 없나? 눈치 주니 산에 간다. 친구와 수다를 떨었다. 웬수 또 술이다.

과거가 파노라마처럼 지나갈 것이다. 당신 이야기가 아니었으면 좋겠다. 하지만 주위에 따로국밥 부부가 의외로 많다. 만약 감사 메모를 쓰지 않았다면 나도 따로국밥 부부가 됐을지도 모를 일이다.

이제 바야흐로 100세 시대다. 좋든 싫든 몇십 년을 같이 살아야 한다. 언제까지 따로국밥 부부로 살 것인가?

따로국밥 부부도 "중년 부부가 신혼 되는 7가지 법칙"을 실천해 맛깔나는 섞어국밥 부부로 거듭나야 한다.

"결혼은 천국도 지옥도 아니다. 그저 연옥 정도 된다."

– 에이브러햄 링컨 –

콘크리트 부부

언제부터일까? 어디서부터 잘못되었을까? 잘 기억나지 않는다. 확실한 것은 달콤하고 촉촉했던 감정이 서서히 콘크리트처럼 굳어가고 있다는 것이다. 왜일까? 원인이야 많다. 소통 부족, 이해심 결핍, 대화 단절, 무관심, 성관계 불만, 잦은 다툼, 경제문제, 자녀문제, 부모문제 등 셀 수 없다.

매스컴에서 '5년째 음 소거 부부'의 사연을 보았다. 부부 사이에 5년 동안 진정한 대화가 없었다. 애들 앞에서 필요한 대화만 나눌 뿐 소통은 주로 카톡이나 문자를 사용했다. 내용도 욕설과 비방이 많았다. 전문가는 "법적으로 혼인 관계지만 정서적으로 이혼 관계에 있다."라고 표현했다. 전형적인 콘크리트 부부다.

콘크리트 부부는 암과 비슷하다. 서서히 진행되지만 방치하면 치명적이다. 예비 콘크리트 부부의 감정 10가지를 제시해 보겠다. 이런 감정이 없었는지 곰곰이 생각해 보자.

1. 꼴도 보기 싫다.
2. 같이 있는 시간이 불편하다.

3. 단점만 보이고 관심이 없다.

4. 대화가 사라지고 각방을 쓴다.

5. 애정 표현과 부부 관계가 줄어든다.

6. 말을 들으려 하지 않고 자주 화를 낸다.

7. 본인의 처지를 한탄하고 자주 한숨을 쉰다.

8. 무슨 말을 해도 믿음이 가지 않는다.

9. 자주 다투고 싸운다.

10. 외롭고 자꾸 눈물이 나온다.

11. 죽고 싶다는 생각이 든다.

자! 체크해 보자. 이 중 3가지 이상이 당신 이야기라면 빨간불이다. 방치하면 콘크리트가 굳듯 감정도 차갑게 얼어버릴지 모른다. 골든타임은 없다. 지금 바로 행동에 옮겨야 한다.

그렇다고 걱정할 필요 없다. '늦었다고 생각할 때가 제일 빠르다.'라는 속담이 있지 않은가?

어떤 행동이 필요할까? 일단 당신이 체크한 항목을 살펴보자. 그리고 신혼부부가 되는 7가지 법칙을 보면 해답이 보일 거라 확신한다. 부디 차가운 감정에 사랑의 새싹이 움트길 간절히 바란다. 매스컴에 보았던 그 부부도 지금 행복했으면 좋겠다.

"결혼은 새장과 같다. 새장 밖의 새들은 안으로 들어오려고 애쓰며, 새장 안의 새들은 밖으로 나가려고 발버둥을 친다."

– 미셸 드 몽테뉴 –

졸혼 예정 부부

"예비 졸혼 부부는 시간이 없다. 다시 결혼해야 하는 최우선 부부다."

졸혼이라는 말을 들어본 적이 있는가? 일본 작가 스기야마 유미코가 2004년 쓴 〈졸혼을 권함〉(卒婚のススメ)에서 처음 등장한 신조어다. 법적으로 이혼하지 않고 결혼을 졸업한다는 뜻이다. 별거하든 한집에 살든 서로 간섭하지 않고 독립적으로 살아가는 부부를 말한다.

'Out of sight Out of mind'라는 말이 있다. 눈앞에서 멀어지면 마음도 멀어진다는 뜻이다. 졸혼 부부에게 어울리는 말이다. 각자의 삶을 존중하고 독립적으로 살려면 일정한 거리를 유지해야 한다. 그러다 보면 자연스럽게 대화가 사라지고 만남의 횟수도 줄어든다.

서로 존중하고 …… 독립적으로 생활하고 …… 의미는 그럴듯하다. 하지만 대다수 부부 관계 전문가들은 졸혼은 정답이 아니라고 말한다. 일본의 유명한 코미디언은 "졸혼을 졸업하려 한다. 아내의 소중함을 다시 한번 절감했다."라고 졸혼을 후회하기도 했다. 이혼 전문 변호사는 졸혼 부부 상당수가 위기를 극복하지 못하고 끝내 이혼한다고 말한다.

혹시 지금 졸혼을 생각하고 있다면 심사숙고하기 바란다. 전문 가들이 졸혼은 장밋빛 정원이 아니라 험한 가시밭길이라고 이야기 하고 있지 않은가? 다시 대화를 시도하고 관계 개선을 위한 노력 을 시작하기 바란다. 이 책이 작은 도움이 될 거라 생각한다.

"행복한 결혼 생활에서 중요한 것은 서로 얼마나 잘 맞는가보다 다른 점을 어떻게 극복해 나가는가이다."

– 레프 톨스토이 –

우리는 주어진 환경에 쉽게 적응하지 못한다. 환경을 개선하려 고 노력하지 않는다. 하찮은 금붕어가 환경에 적응하는 모습을 보 고 놀랐다. 금붕어에게 배우고 느낀 점을 쓴 글이 있어 소개하겠다.

제목: 금붕어에게 배우다.

어릴 적부터 아버지 따라 낚시를 다녔다.
자연스럽게 낚시가 취미가 되었다.
십여 년 전 일이다. 붕어에게 배운
교훈이 있어 공유하고자 한다.

집안행사 때문에 광주 누이 집을 방문했다.
짬이 나 근교 저수지에서 낚시를 했다.
붕어 몇 마리를 잡았다. 살려줄까 고민하다
가장 잘생긴 붕어 한 마리를 챙겼다.

누이 집 현관에 큰 어항이 생각나서다.
금붕어가 살고 있는 곳에 붕어를 넣었다.
그리고 나는 다시 일상으로 돌아왔다.

낚시를 하다 가끔 붕어가 떠올랐다.
낯선 환경에서 잘 살고 있는지.
내가 몹쓸 장난을 한 건 아닌지.
많이 미안하고 후회스러웠다.

시간이 지나면 모든 게 잊힌다.
어느새 붕어를 까맣게 잊었다.
두 달 후 누이 집에 갔다.
붕어가 보이지 않았다.

"누나! 내가 잡아 온 붕어가 죽은 거야?"
"안 보이는데!" "거기 있잖아."
"짙은 갈색 물고기가 그 붕어 맞아"
돌 틈에 숨어 있던 물고기가 보였다.
긴 꼬리로 헤엄치는 게 진짜 금붕어였다.

환경에 적응하는 모습에 적잖이 놀랐다.
붕어뿐만 아니다. 많은 생명체들이
생존을 위해 색깔을 바꾼다. 몸의
크기를 조절하고 위장하며 살아간다.

만물의 영장인 우리는 어떨까?
많은 이들이 환경의 변화에 적응
하지 못하고 방황하며 아파한다.

내 뜻대로 되지 않는 게 세상살이다.
분명 변화의 소용돌이 속에서 살아남기
위해 몸부림치는 시간이 찾아올 것이다.

그때 유연히 대처하는 생명체를 떠올리자.
'미천한 생명체도 잘 적응해 내는데 만물의
영장인 내가 이래서야 되겠는가!' 하고
다시 한 번 힘을 내 일어나자.

수십 가지 색깔로 변하는 카멜레온처럼
나만의 무지개 색깔을 만들어 보자.

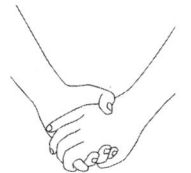

제3장

오래된 부부는

리뉴얼이 필요하다

인간은 망각의 동물이다

"중년 부부가 더 행복해지려면 아름다운 추억과 좋았던 감정을 의식적으로 떠올려야 한다."

2004년에 개봉한 정우성과 손예진 주연의 〈내 머릿속의 지우개〉라는 영화가 있다. 줄거리는 이렇다. 건망증이 심한 손예진이 편의점에서 정우성을 우연히 만난다. 두 사람은 사랑에 빠져 결혼한다. 알츠하이머병이 심해지자 손예진은 사랑의 기억을 잃어가고 남편을 몰라본다.

정우성은 이렇게 이야기한다. "내가 다 기억해 준다니까. 다 잊어버리면 ……. 이렇게 짠 하고 나타나는 거야. 새로 꼬시는 거야. 네가 안 넘어오고 배겨? 매일 새로 시작하는 거야. 죽이지? 평생 연애만 하고 …….." 현실을 극복하려는 처절한 사랑 앞에서 관객들은 눈물을 참을 수 없었다.

주인공은 기억을 잃어가는 병에 걸렸다. 우리는 병에 걸리지 않았지만 상황은 더 심각하다. 대부분 어제의 안 좋은 기억만을 안고 살아간다. 사랑의 추억이나 행복한 기억들은 잘 기억하지 않는다. 정우성처럼 기억을 깨우려는 노력도 하지 않는다. 항상 기억하지 않으면 기억나지 않는 법이다.

행복한 기억을 자주 떠올리면 중년 건강에 어떠한 영향을 주는 지에 대한 실험이 있어 소개한다. 이 기사를 보면 왜 기억하면서 살아야 하는지 알 수 있다.

미국에 있는 '건강심리학 저널'이 2만 2천 명의 중년에게 건강, 만성질환, 우울증에 대한 설문조사를 실시했다고 한다. 조사 결과 평소 일화 등 행복한 기억을 많이 떠올리는 그룹이 중년 이후에도 더 나은 신체건강과 더 적은 우울 증상을 경험한 것으로 조사됐다.

나이가 들수록 기억하지 못하는 것은 자연스러운 일이다. 하지 만 의도적으로 가슴 뜨거웠던 감정과 기억을 간간이 떠올려 보자. 이 작은 실천이 마음과 신체를 건강하게 유지시켜 줄 것이다. 이 책 4장 '설렘을 기억하라' 편에서 기억과 감정을 소환하는 방법들 을 소개하겠다.

"행복한 중년 부부는 평범한 부부보다 더 많은 추억을 먹고 산다."

어린 시절 배를 타고 친척 집에 놀러 갔다. 오는 길에 파도가 배를 삼킬 뻔했다. 신께 기도하며 목숨을 구걸했다. 얼마 후 모든 일들을 까맣게 잊었다. 어린 시절 '기억'에 대해 쓴 글이다. 함께 읽어 보자.

제목: 파도와 영화

고향집에 왔다. 바다를 보러 갔다. 해변을 따라 늘어선 고송이 샛바람에 몸을 움츠렸다. 갈매기가 날자 모래 위 게들이 집으로 도망쳤다. 물속이 답답한지 숭어가 연신 물 밖으로 몸을 던졌다. 그 순간 숭어가 뛰는 방향으로 생일도가 눈에 들어왔다. 희미한 추억 하나가 나를 40년 과거로 데려갔다.

초등학생이었다. 큰아버님이 생일도로 시집간 고모를 보러 가신다고 했다. 통통배를 타고 사오십 분 거리다. "엄마! 나도 큰아버지 따라 생일도 갈래!" 그렇게 통통배를 타고 생일도에 도착했다. 다도해 모든 섬이 그렇듯 생일도는 무척 아름다웠다. 어린 눈에도 우뚝 솟은 백운산의 자태는 장관이었다. 사촌 동생과 큰 정자나무 아래에서 뛰어놀다가 "밥 먹자!" 소리에 달려가 보니 상다리가 부러질 것 같았다. 배 터지게 먹은 점심이었다.

오후 들어 바람이 거셌다. 정자나무가 흔들리고 선창가 배들이 뒤뚱거렸다. 고모가 "하루 자고 가라. 태풍이 올 것 같다."하셨다. 큰아버지는 더 늦기 전에 출발하자고 하셨다. 멀리 고모가 손을 흔드는 모습이 보였다. 바다로 나오니 육지에서 보던 파도가 아니었다. 너울이 배를 삼킬 듯이 달려들었다.

'이러다 정말 죽을 수 있겠구나!' 생각이 들자 나는 어느새 두 손을 모으고 있었다. "하늘에 계신 우리 아버지 우리를 시험에 들게 하지 마옵시고 ……."무사히 집에 가면 교회 잘 다닐게요. 열심히 공부하고 동생 안 괴롭힐게요."한없이 기도했다. 가는 내내 파도가 통통배를 삼켰다 토해내기를 반복했다. 1초가 하루처럼 길었고 어린 마음은 숯처럼 까매졌다. 그날처럼 신에게 목숨을 구걸한 날은 없었다.

"형! 일어나. 다 왔어." 사촌 동생이 나를 깨웠다. 눈을 비비며 일어났다. 멀리 백사장에 하얀 천막이 펄럭였고 흥겨운 유행가가 들렸다. "와! 영화가 들어왔다." 모래사장에 말짱(긴 나무)을 박고 천막을 쳐 영화관을 만들고 있었다. 배에서 내려 바람을 가르며 쏜살같이 달렸다. 조금 전의 파도! 공포! 기도! 맹세! 모든 것이 바람과 같이 사라졌다. 영화 포스터에 스님이 하늘을 날며 무공을 펼치고 뚝순이는 엄마와 이별하며 울고 있었다.

게 눈 감추듯 저녁을 먹고 친구들이 모여들었다. 날이면 날마다 오는 기회가 아니다. 오늘 밤 우리는 무조건 영화를 봐야 한다. 눈들이 반짝반짝 빛났다.

두더지 파! 모래 구덩이를 파 천막 안으로 들어가자는 친구들!
옥상 파! 옥상으로 올라가 화면 절반이라도 보자는 친구들!
막가파! 무조건 들어가게 해달라고 조르자는 친구들!
결국 구덩이를 파다 들킨 친구들과 조르다 퇴짜 맞은 친구들이 삼삼오오 옥상으로 몰려갔다.

그날 밤 똑순이가 엄마와 헤어지는 장면을 보고 엄마도 울고 우리도 울었다. 파도도 같이 울었다.

파도 속에서 신에게 목숨을 구걸하던 어린아이가 있었다. 소년은 해변가의 하얀 천막을 보았다. 그리고 파도! 공포! 신께 한 맹세! 모든 것을 까마득하게 잊어버렸다.

"당신! 지금 죽을 것같이 무섭고 아픈가? 조금만 기다려봐! 한 편의 영화처럼 금방 잊힐 거야!"

권태로움 위에 잠든 나를 깨워라

쇼펜하우어는 "인생에 가장 위험한 시기는 권태가 찾아올 때다."라고 이야기했다.

중년은 인생 1막이 끝나고 2막이 시작되는 시기이다. 여성은 힘든 자녀교육과 가사를 끝내고 잠시 쉬려는데 권태기가 찾아온다. 남성은 평생 일했던 직장을 떠나며 쉬지도 못하고 새로운 직업을 찾아 나선다. 전쟁 같은 1막이 끝나자마자 2막이 시작돼 버린다. 그래서 중년은 항상 숨 가쁘고 허탈하다.

자녀 교육이나 퇴사 등 환경의 변화에 따른 권태로움도 있다. 하지만, 중년부부의 편안함과 익숙함에서 오는 권태로움이 더 무섭다. 오래 살면 설레는 감정이 무뎌지고 서로 익숙해진다. 차츰 익숙함이 당연함으로 당연함이 지루함으로 지루함이 권태로움으로 발전하게 된다. 이렇게 중년의 권태로움은 자연스럽게 진행된다.

하지만, 자연스럽다고 그냥 두고 볼 일은 아니다. 권태로움은 수

면제 성분이 있어 한 번 잠들면 깨어나기 어렵다. 그대로 방치하면 정신과 육체를 서서히 갉아먹는다. 그래서 권태로움이 찾아오기 전에 미리 예방해야 한다.

그럼, 예방책은 무엇일까? 오랜 결혼 생활에서 오는 권태로움은 얼마든지 극복할 수 있다. 앞으로 이야기할 '중년부부가 신혼부부 되는 일곱 가지 법칙' '잘 싸우기' '감사하기' '관심사 찾기' '설렘 기억하기' '대화법 익히기' '비교하지 않기' '죽음 떠올리기'를 실천하다 보면 권태로움은 자연스럽게 사라질 거라 확신한다.

"권태로움 위에 잠든 중년이여! 잠에서 깨어나라. 당신의 영혼을 갉아먹는 소리가 들리지 않는가?"

사랑의 배터리를 충전하라

"사랑의 배터리를 수시로 충전하라. 한번 방전되면 충전하기 어렵다."

"나를 사랑으로 채워줘요. 사랑의 배터리가 다 됐나 봐요. 당신 없인 못 살아 정말 나는 못 살아. 당신은 나의 배터리……." (중략) 몇 년 전 가수 홍진영이 불러 유행했던 '사랑의 배터리' 노래 가사다. 노래 속 주인공은 사랑의 배터리가 바닥이라고 계속해 사랑을 요구한다. "당신이 너무 좋아 완전 좋아요" 하며 서슴없이 감정을 표현한다.

중년에 들어서면 왜 사랑의 배터리가 급격히 방전될까?

무엇보다 호르몬 변화에 따른 육체적 정신적 변화를 무시할 수 없다. 여성의 경우 폐경기가 시작되면서 '에스트로겐'이라는 여성 호르몬이 감소한다. 그 영향으로 갑자기 더워지거나 얼굴이 붉어지는 증세가 나타난다. 호르몬 수치 변화로 질이 건조해 성욕이 감소하기도 한다. 그러다 보니 수면의 질이 저하되고 불면증으로 고

생한다. 제때 치료하지 않으면 우울증이나 공황장애로 이어질 수 있다.

남성도 예외일 수 없다. 중년이 되면 우선 신체적으로 피로감에 시달리거나 활력이 떨어진다. '테스토스테론'이라는 남성 호르몬이 감소하여 성욕이 저하되고 발기부전 증세가 나타난다. 근육 양이 줄어 체지방이 증가하고 체중이 증가하기도 한다. 정신적으로 자신감이 저하되고 무기력감에 시달리게 된다. 호르몬 감소로 예민하거나 감정 기복이 심해지는 증세가 나타난다.

그럼 이런 갱년기 증세를 방치하면 어떻게 될까? 아마, 사랑의 배터리 눈금이 감소하다 방전될 게 뻔하다. 한번 방전되면 충전하기도 어렵다.

전문가들은 이렇게 이야기한다. '중년의 갱년기는 자연스러운 현상이다. 규칙적인 운동과 균형 잡힌 식단, 충분한 휴식과 수면, 스트레스 관리로 충분히 극복할 수 있다.' 나는 이 방법으로 사랑의 배터리를 넉넉하게 충전하기 어렵다고 본다.

갱년기는 부부가 함께 풀어야 할 숙제라 생각해라! '갱년기 배우자는 내가 지킨다.'라는 마음으로 배우자를 대하다 보면 어느새 배터리가 충전돼 있을 것이다. 이 대목에서 퀴즈 하나 내겠다. 배터리를 고속 충전하는 방법이 있는데 뭘까요? 노래 가사에 힌트가 있다.

정답이다. 말해야 한다. 말하지 않으면 귀신도 모른다. '나를 사랑으로 채워줘요.' 이렇게 배우자에게 요청해라. 그러면 고속으로 충전시켜 줄 것이다. 혼자 하는 충전은 항상 느리고 어렵다는 사실을 기억해라.

"사랑의 충전은 상대방이 해야 빠르다. 다만, 방전된 사실을 말해 줘야 알아차릴 수 있다."

슬퍼할 시간에 리셋하라

"울지 마라. 슬퍼하기엔 인생이 너무 짧다."

오십 줄에 들어서며 말로만 듣던 남자의 갱년기를 겪었다. 나는 나에게 이렇게 말하며 살아왔다. '그래! 잘 살아왔어. 이렇게 살면 다 잘 될 거야!' 어느 날 모든 게 허무했다. 앞만 보고 달려온 지난 삶이 가여웠고 달려야 할 내일이 두려웠다.

어느 날 잠 못 들던 새벽. 갑자기 바다가 보고 싶었다. 일어나 무작정 달렸다. 서해 어느 작은 선착장에 도착했다. 방파제에 묶인 고깃배가 거센 파도에 심하게 뒤뚱거렸다. 나를 닮았다. 바다 앞에 섰다. 세찬 바람이 나를 때렸다. 나도 모르게 눈물이 흘렀다.

중년이라면 누구나 겪어봤을 이야기다. 중년은 준비되지 않은 채 갑자기 찾아온다. 그래서 삶이 허무하고 외롭다고 느낀다. 권태로움의 이불을 덮고 울지만 허무한 마음이 좀처럼 가시지 않는다. 그래서 전문가들이 제2의 사춘기라고 부르는지도 모른다.

사춘기라고 울고만 있을 것인가? 슬퍼하기에 인생이 너무 짧다. 사춘기는 계속 머물러 있는 자리가 아니다. 재충전해서 다시 출발해야 하는 때다. 부둣가의 고깃배도 파도가 거치면 만선의 꿈을 안고 힘차게 항해하지 않는가? 자! 이제 권태로움의 이불을 걷어차고 일어나 제2의 인생을 시작하자!

"시간은 결코 너를 기다려 주지 않는다."

– 벤저민 프랭클린 –

한때 힘들던 시절이 있었다. 인생을 항해하다 표류해 이름 모를 섬에서 많이 울었다. 하지만 포기하지 않고 다시 일어났다. 그때를 생각하며 쓴 글이 있다. 읽고 힘이 되었으면 좋겠다.

제목 : 돛을 높이 올려라!

일요일 오전. 보트면허 실습을 하러 전곡항에 갔다. 저 멀리 물살을 가르고 보트 한 척이 항구로 들어왔다. 꼬마가 던진 새우깡이 하늘을 날자 갈매기 떼가 일제히 몰려들었다. 보트와 요트가 로프에 묶인 채 한가로이 휴식을 취하고 있었다.

오늘 교육받을 한국해양연구원 간판이 보였다. 강사가 본인 소개를 하고 교육을 시작했다. 배에 올라 10가지 안전장비 등을 확인한다. 로프 풀고 배 밀어달라고 외친다. 좌우 45°, 90°, 180° 회전한다. 부표 3개를 S자로 돈다. 인명구조하고 정박한다. 이런 순서로 시험이 진행된다고 했다.

막 졸음이 쏟아지려는데 자! 이제 실습하러 바다로 나가시죠! 강사님의 반가운 목소리가 들려왔다. 바다는 잔잔했다. 생각처럼 몸이 따라주지 않는다. 내가 평정심을 잃자 보트도 길을 잃고 방황했다. 갈매기가 머리 위에서 끼룩! 끼룩! 울었다. "고객님 당황하셨어요?"하고 나를 놀리는 듯했다. 그래도 시원한 바람이 불어와 기분은 상쾌했다.

실습을 끝내고 도열해 있는 요트를 바라보았다. 문득 이런 생각이 들었다. 우리는 각자 배를 타고 인생을 항해하고 있는 건 아닐까? 어떤 배는 항구에 정박해 있고 다른 배들은 꿈을 향해 항구를 힘차게 출발한다.

수많은 일들이 기다리고 있다. 별이 쏟아지는 밤이면 아름다움에 취하고 폭풍우 몰아치는 밤에는 공포와 맞선다. 배와 함께 달리는 돌고래 친구에게 끈끈한 우정을 배우고 깜깜한 바다를 밝히는 등대에 따뜻한 정을 느낀다.

내 인생 배는 어떠했는지 기억을 더듬어 본다. 그렇게 커다란 배는 아니었지만 순풍에 돛을 달고 열심히 항해했다. 나의 바다는 항상 잔잔할 거라 생각했다. 그런데 몇 년 전 집채만 한 파도가 배를 삼켰다.

나의 모든 것을 바꿔놓았다. 표류하다 이름 모를 섬에 도착해 살아남으려 애썼다. 부서지는 파도와 같이 많이 울었다. 방황의 시간을 보내고 정신을 차렸다. 부서진 배를 수선했다. 옛날과 다른 항로지만 지금은 돛을 높이 달고 항해 중이다.

몇 년째 항구에 정박 중인 배가 보인다. 꿈을 향해 바다로 나가기가 겁이 나는 모양이다. 물론 이해한다. 비바람과 성난 파도가 무섭고 외로운 여정이 기다린다는 것을…… 하지만, 항구에 있으면 아무것도 얻을 수 없다. 우리는 꿈을 향해 항해하는 운명을 타고 태어났다. 언제까지 출항하는 배를 보며 손만 흔들고 있을 것인가?

친구여! 내가 로프를 풀고 힘껏 밀어주겠다!
방위각을 너의 꿈에 맞춰라!
이제 돛을 높이 달고 항해를 시작하자!

제4장

20~30년 차가

신혼부부 되는 7가지 법칙

싸움의 기술을 익혀라

두 쌍의 부부가 있다고 가정해 보자. A 부부는 싸움의 기술을 전혀 모른다. B 부부는 싸움의 기술을 잘 알고 있다. 누구나 B 부부가 결혼 생활을 잘할 거라 예상할 수 있다.

예를 들어보자!

A 부부 집의 창 너머를 보자. 또 싸움을 시작한다. 남편 왈, "집에서 뭘 하는데 애가 이 모양이야? 살림을 잘하나 애 교육을 잘 시키나, 도대체가 쯧쯧쯧……." 부인 왈, "쥐꼬리만큼 벌어다 주면서 무슨 큰소리냐? 누구네는 해외여행 간다더라." 강아지가 큰 소리에 놀란다. 꼬리를 내리고 살금살금 의자 밑으로 기어 들어간다. 애들은 방에서 쥐 죽은 듯 조용하다.

싸움의 기술을 배운 B 부부의 창 너머는 큰 소리가 들리지 않는다. 식탁에 마주 앉아 진지하게 대화를 이어간다. 이성을 꼭 쥐고 있다. 서로의 가슴에 상처 주는 말을 하지 않는다. 강아지는 여전히 꼬리를 흔들며 아이와 놀고 있다.

살다 보면 싸울 일이 너무나 많다. 하지만 그 고비를 잘 넘겨야 한다. 그러기 위해서는 잘 싸우는 어쩌면 싸우지 않는 방법을 익혀야 한다. 여기 삼 단계 실천 방법을 제시한다. 싸울 일이 생기면 한 번씩 들여다보라! 작은 불씨가 산불로 번지는 것을 막아 줄 것이다.

1단계, 이성의 끈을 놓지 마라!

이성을 잃은 사람은 말을 함부로 한다. 자기가 무슨 말을 하는지도 모른다. 그냥 입에서 나오는 대로 뱉을 뿐이다. 그 말들이 가시가 되어 상대방의 가슴에 박힌다. 가시는 빼낼 수 있지만, 그 생채기는 평생 아물지 않는다. 다음 싸움에 생채기는 다시 살아나 서로를 더욱 아프게 한다. 악순환의 반복이다.

어떻게 이성을 잃지 않고 싸울 수 있나요? 하고 물을 수 있다. 하지만 싸우기 전에 의식적으로 '나는 절대 이성을 잃지 않을 거야'라고 다짐해 보라. 그러면 입에서 나오는 말들이 이성을 거쳐 정제되어 나오기 마련이다. 가는 말이 고운데 오는 말이 곱지 않을 수 있겠는가? 집안에 싸움의 기운이 감도는 순간 이 말을 기억하라 '나는 절대 이성을 잃지 않을 거야!' 그러면 B 부부처럼 싸움이 아닌 대화 수준으로 끝날 것이다.

　2단계, 끈을 놓쳤다면 피하라!

　1단계를 무사히 넘겼다면 걱정할 일이 없다. 하지만, 이성이라는 놈은 항상 미끄럽다. 아무리 꽉 움켜쥐고 있어도 손에서 벗어날 때가 있다. 이성의 끈을 놓아버린 배우자를 상상해 보라. 눈꼬리는 하늘 높이 올라가 있다. 콧구멍은 주먹이 들어갈 만큼 커져 있다. 입으로 정제되지 않는 단어를 신들린 사람처럼 쏘아댄다.

　1단계가 실패라고 생각된다면 바로 2단계로 들어가야 한다. 이성을 잃은 배우자와 맞서 이길 수는 없다. 단어의 파편에 맞아 피만 흘릴 뿐이다. 이럴 때는 피하는 게 상책이다. 중국 병법서에 이런 말이 있다. '삼십육계주위상책(三十六計走爲上策)' '서른여섯 가지 계책 중에 피하는 것이 가장 좋은 계책이다.' 일단 그 자리를 피해야 한다. 앞에 사람이 없는데 혼자서 싸울 수는 없지 않은가?

　피해야 하는 이유가 또 있다. 사랑스러운 자녀 때문이다. 자주 싸우는 가정의 아이들은 정서적으로 불안하다. 어깨는 축 처져 있고 피해의식에 젖어 살아간다. 결혼해서 잘 살아간다는 보장도 없다. 평생 상처로 남는다. 이런 아이로 키우지 않으려면 2단계 '끈을 놓쳤다면 피하라'를 항상 명심하라!

누군가는 피하는 행동이 비겁하다고 생각할 수도 있다. 피하는 게 그냥 피하는 게 아니다. 서로 생각할 수 있는 시간을 벌라는 말이다. 당신이 공원 벤치에 앉아 있는 동안 배우자는 차츰 이성을 찾을 것이다. 시간이라는 묘약이 모든 일을 정리할 것이다. 그때까지만 피해 있으면 그만이다.

3단계, 골든타임을 사수하라!

삼십육계 내공을 펼치고 집에 들어서는 순간 시베리아 찬바람이 불어온다. 바람을 피해 작은방으로 도망가는 당신의 모습이 보인다. '휴! 다행이다. 나를 부르지 않네.' 하는 안도의 한숨도 들린다.

절대 이렇게 행동해서는 안 된다. 물론 싸웠던 감정은 얼음과 같아서 녹기까지 상당한 시간이 필요하다는 것도 안다. 하지만, 모든 일에는 골든타임이 있다. 싸움의 골든타임은 단 하루다. 이 시간을 반드시 사수해야 한다.

인간은 시간에 금방 적응하는 동물이다. 하루가 지나면 내성이 생긴다. 좀처럼 화해하기 어렵다. 각자 방 하나씩을 사이에 두고 신경전만 벌인다. 그렇게 일주일, 한 달, 일 년이 금세 지나가 버린다. 이제 왜 하루를 사수해야 하는지 이해했을 것이다. 하루 안에 사과하고 화해하라! 골든타임 사수가 시베리아 찬바람을 따뜻한 훈풍으로 바꿔줄 거라 자신한다.

요약해 보자!

싸우지 않고 사는 것이 제일 좋다. 하지만 평생 싸우지 않고 사는 부부가 얼마나 있을까? 일단 전장의 분위기가 감돌기 시작하면 마음속으로 다짐하라. '나는 절대 이성의 끈을 놓지 않겠다.'

안타깝게 이성의 끈을 놓쳤다면 일단 자리를 피해라. 화가 가라앉고 이성을 찾을 시간이 필요하다. 끝으로 골든타임을 사수해야 한다. '하루' 안에 화해해야 한다는 말이다. 내성이 생기기 전에 잘못한 것은 얼른 사과하고 풀어야 한다.

물론 이 싸움의 기술이 만병통치약은 될 수 없다. 하지만 이 기술을 익히고 적용한다면 큰 싸움으로 번지는 것은 막을 수 있을 거라 확신한다.

"모든 부부는 사랑의 기술을 배우듯이 싸움의 기술도 배워야 합니다. 좋은 싸움은 객관적이고 정직하며 절대 사악하거나 잔인하지 않아요. 좋은 싸움은 건강하고 건설적이며 결혼 생활에 평등한 파트너 관계라는 원칙을 세워 줍니다."

– 앤 랜더스 –

고마운 점을 메모하라

만약 누군가 나에게 "시간이 없어요. 신혼부부가 되는 일곱 가지 법칙 중에 한 가지만 추천해 주세요?"라고 묻는다면 나는 망설이지 않고 "고마운 점을 메모하세요."라고 자신 있게 말할 수 있다. 왜냐하면 내가 일 년 넘게 해보고 엄청난 효과를 보았기 때문이다. 아마 고마운 점을 메모하는 습관이 없었다면 이 글을 쓰고 있지도 않을 것이다.

이렇게 반문할 수도 있다. "고마운 점이 없어요. 어제도 대판 싸웠어요. 꼴도 보기 싫은데 어떻게 감사 메모를 쓰라고 하는지 모르겠네요." 그 마음 충분히 이해하고 공감한다. 일단 의자에 앉아라. 눈을 감고 심호흡을 크게 해보자! 마음이 고요해질 것이다.

나는 사소한 일부터 감사한다. 예를 들어 "살아 숨 쉬고 있어 감사합니다. 신체가 건강하여 감사합니다. 숨 쉴 수 있는 공기와 마실 수 있는 물에 감사합니다." 이런 식이다. 아주 쉽지 않은가? 당신도 충분히 할 수 있다. 이제 수첩과 펜을 준비하고 자리에 앉아

라. 생각나는 대로 적어보자.

자! 쓰고 있다면 절반은 성공했다. 이제 대상을 넓혀 보자! "부모님이 살아계셔서 감사합니다. 건강히 잘 자라준 아이에게 감사합니다. 항상 나를 응원해 준 친구에게 감사합니다. 행복감을 주는 코코에게 감사합니다. 집사람에게 감사합니다."

집사람을 쓰려는데 펜이 멈출 수 있다. 낯을 가리는 거다. 당황하지 말고 그냥 써 내려가자. 처음에는 진심이 아니어도 상관없다. 써 내려가면 그만이다. "부족한 나와 결혼해 준 배우자에게 감사합니다. 이해심 많은 배우자에게 감사합니다." 닭살이 돋고 얼굴이 화끈거릴 수 있다. 나도 그랬으니 괜찮다.

다음은 꾸준함이다. 나는 한 달 정도 쓰고 변화를 느꼈다. 이런 느낌이라고 해야 할까? 호수 위에 피어오른 물안개가 태양과 함께 서서히 스러지는 느낌! 내 마음속에 자리 잡고 있는 배우자에 대한 섭섭하고 안 좋은 생각들이 하나씩 사라지기 시작했다. 배우자뿐만 아니다. 나를 괴롭혔던 과거의 부정적인 생각들도 긍정적으로 변해 갔다.

물론 감사 메모를 하는 도중에 분노하고 화날 일이 생기기 마련이다. 내면 깊숙이 잠들어 있는 부정적인 생각도 깨어날 수 있다. 하지만 감사 메모의 문장들이 방패가 되어 전과 같이 감정의 나락으로 빠지는 일은 없을 것이다. 쉽게 화내지 않는 자신의 모습에 깜짝 놀랄 수도 있다. 감사하는 마음은 부정적인 생각을 마취시키는 놀라운 힘을 가지고 있다.

또 다른 효과 하나를 소개하겠다. 수많은 생각이 꼬리에 꼬리를 물고 떠올라 잠 못 이룬 경험이 있을 것이다. 의지와 상관없이 떠오른 생각은 어디에서 온 걸까? 내 안에 또 다른 내가 있는 건 아닐까? 감사 메모를 꾸준히 하다 보니 이런 쓸데없는 잡념이 많이 사라지게 되었다.

감사 메모를 시작하고 나는 달라졌다. 집사람을 대하는 마음가짐과 태도가 변하기 시작했다. 달라져 가는 나의 모습에 집사람도 놀랐다. 표정이 안 좋으면 "오늘 감사 메모 썼어요?'라고 묻기까지 했다. 우리 부부는 감사 메모 덕분에 다시 결혼하게 됐다. 너무나 소중한 경험이라 내가 읽은 감사와 관련된 책과 내가 경험한 효과를 소개하겠다.

내가 읽은 감사와 관련된 책

1. 기적을 만드는 감사메모 (케이미라클모닝, 엄남미)

감사메모를 써야 하는 이유와 감사메모를 실천함으로써 긍정적으로 바뀌게 된 삶의 태도, 감사메모 쓰는 방법 등으로 구성되어 있다.

2. 내 삶을 변화시키는 감사의 기적 (정민미디어, 황성주)

감사의 의미를 새삼 되새기게 하고 일상에서 실사례와 함께 구체적으로 밝혀준다. 이를 통해 긍정적인 생각과 행동을 이끌어내고 궁극적으로 행복한 인생살이를 유도한다.

3. 물은 답을 알고 있다 (더난출판사, 에모토 마사루)

물에게 좋은 말을 들려주고 예쁜 글씨를 보여주고 아름다운 음악을 들려주었을 때 물이 보여주는 신비하고 놀라운 결과를 담았다. 물은 생명이고 에너지의 전달 매체이며 의식을 갖춘 존재라고 말하고 인간이 어떻게 살아야 할지에 대한 답을 제시한다.

4. 감사의 힘 (위즈덤 하우스, 데보라 노빌)

감사노트를 작성하는 구체적인 방법을 소개한다. 감사의 힘에 대한 과학적 근거에 대해 알고 싶은 분, 감사의 기적 사례들이 궁금하신 분, 감사하기를 실천해야겠다고 느끼는 분에게 이 책을 추천한다.

감사메모 효과

1. 스트레스가 감소했다.

스트레스의 뿌리는 부정적인 생각이다. 감사메모는 부정적인 생각을 마취시키는 강력한 힘을 가지고 있다. 감사 메모를 하기 전내 영혼의 성은 스트레스 적군에게 쉽게 함락되었다. 하지만, 메모를 하면서 성은 굳건해졌다. 왜냐하면 스트레스가 현저히 줄어들었기 때문이다.

2. 행복지수가 올라갔다.

누구나 "행복해서 웃는 게 아니라 웃어서 행복하다."라는 말을 들어봤을 것이다. 이 말을 감사에 적용해 보면 "행복해서 감사하는 게 아니라 감사해서 행복하다."라고 표현할 수 있다. 어느 날 산

책길에 예쁘게 피어 있는 이름 모를 들꽃을 만났다. 감사메모 전에는 그냥 지나쳤을 들꽃에 "아름다움을 선물해 준 들꽃에 감사합니다."라고 쓰자 입가에 미소가 번지고 행복감이 밀려왔다. 매사에 감사할수록 감사할 일들이 생겨났고 나는 전보다 행복해졌다. 집사람 이마에 주름도 줄어들었다.

3. 잡념이 사라져 갔다.

"보고서를 내일까지 작성해야 하는데……. 못하면 어떡하지? 김 대리에게 부탁할 걸 그랬나? 박 부장이 또 갑질하면 피곤한데……." 이렇게 내 안의 내가 끊임없이 지껄이는 소리를 누구나 들어봤을 것이다. 자세히 들여다보면 건질 거 하나 없는 쓸데없는 생각뿐이다. 감사메모를 꾸준히 하다 보니 신기하게 잡념과 부질없는 근심이 사라지기 시작했다. 정확한 이유는 알 수 없다. 하지만, 감사 메모가 나를 긍정적으로 변화시킨 것은 분명하다. 잡념이 사라지니 덤으로 집중력도 향상되었다.

4. 몸이 건강해졌다.

어느 날 에모토 마사루가 쓴 "물은 답을 알고 있다."라는 책을 읽었다. 그날 이후 "사대육신이 온전하고 오장육부가 건강함에 신께 감사합니다."라는 메모를 잊지 않았다. 메모를 하며 전신을 토닥여 주고 쓰다듬어 주었다. 세포가 깨어나는 느낌이 들었다.

에모토 마사루는 이런 실험을 했다. 얼음 통 두 개 중 하나는 '예쁘다' '고맙다' 등 좋은 말을, 다른 하나는 '죽여 버릴 거야!' '못생겼다'라는 나쁜 말을 적어 붙였다. 얼음 결정체를 비교해 보니 좋은 말을 적은 얼음 결정체는 너무나 아름다웠고 나쁜 말을 적은 결정체는 너무 끔찍하게 변해 있었다.

우리 몸은 70%가 물로 이루어져 있다. 매일 '감사하다.'라고 하면서 토닥이고 쓰다듬어 주면 몸은 어떤 반응을 보일까? 작은 감사와 격려가 대부분 물로 이루어진 우리 몸에 좋은 영향을 미칠 것은 뻔하다. 나 또한 감사메모를 시작하고 몸이 많이 건강해졌다.

5. 감사한 일이 이루어졌다.

내가 쓰는 감사메모 중 절반은 아직 일어나지 않은 일에 대한 감사다. 쉽게 말해 미리 감사하기다. "에이! 감사한다고 진짜 이뤄진다고 ……." 의심하는 게 당연하다. 나도 처음에 믿지 않았다. 그냥 "손해 볼 것 없으니 한번 해보자!"라는 심정이었다.

감사한 일이 이뤄진 모습을 구체적으로 상상하며 써 나가자 결과는 놀라웠다. 미리 감사한 일이 많이 이루어졌다. 물론 이루어지지 않은 일도 많다. 하지만, 미리 감사한 일 열 개 중 한 개만 이뤄져도 감사한 일 아닌가?

불과 얼마 전 나는 "우리 부부가 행복해 감사합니다."라고 미리 감사했다. 지금 그 감사가 이뤄져 진짜 감사할 일이 되었다. 그냥 나처럼 "밑져야 본전이다."라는 마음으로 감사메모를 시도해 보자! 긴 터널 끝이 보이고 환한 태양이 당신을 맞이할 것이라 확신한다.

6. 표정이 밝아졌다.

우울한 생각을 하며 미소 지을 수 있을까? 반대로, 행복한 생각을 하며 인상 지을 수 있을까? 아마, 쉽지 않을 것이다. 감사 메모를 하면 매사가 긍정적으로 변한다. 행복은 덤으로 따라 오는 선물이다. 나는 감사 메모를 시작하고 이마에 주름살 대신 입가에 미소 짓는 일이 많아졌다. 미소가 입가에 가부좌 틀 날도 멀지 않은 듯하다.

내가 읽은 감사관련 도서와 감사 효과에 대해 소개했다. 아마, 나도 모르는 다른 효과도 많이 있을 거라 생각한다. 신혼부부가 되는 비법 중 제일 중요한 두 번째 비법을 마무리하면서 이렇게 이야기하고 싶다.

먼저 감사와 관련된 책 한 권을 사자! 그리고 휴대용 수첩에 감사메모를 시작하기로 약속하자! 하루에 감사할 일 세 가지만 메모하면 된다. 셋 중 한 가지는 꼭 배우자에 대한 고마운 마음을 적으면 좋겠다. 아무 생각 없이 그냥 적어도 상관없다. 꾸준히 하다 보면 무슨 말인지 알게 될 것이다. 이 작은 시도가 부부관계를 개선하고 인생을 바꿀 수도 있다는데 그래도 턱만 괴고 있을 텐가? 당장 자리를 박차고 일어나라.

책을 주문하고 수첩을 준비하는 당신의 모습이 보인다. 힘찬 박수를 보낸다. 파이팅!

"그 사람이 얼마나 행복한가는 감사의 깊이에 달려 있다."

– 존 밀러 –

제비도 고맙다고 이야기할까? 내 경험담이 있어 소개하겠다. 잠시 쉬어가자.

제목: 제비야! 미안해!

착한 일을 하면 제비가 박씨를 물어다 줄까?

몇 달 전 친구가 시골에 같이 가자고 했다. 거동이 불편하신 엄마를 위해 방에 화장실을 만들어 드린다고 한다. 그래! 너의 효심이 지극해 내가 따라가 주마! 우리는 1톤 봉고를 타고 시골로 향했다.

고향에 갈 때마다 느끼지만 겁나게 멀다. 서해대교를 지나 보령, 군산, 고창, 목포, 해남을 지나 완도읍에 도착한다. 여기가 끝이 아니다. 신지대교를 건너 맨 마지막 마을까지 가야 한다. 우리는 항상 이야기한다. 고향이 목포만 되어도 한 달에 한 번은 내려갈 거라고⋯⋯.

마을로 가려면 고개를 넘어야 한다. 우리는 '잔등'이라 부른다. 잔등에서 바라보는 마을은 너무나 아름다웠다. 이백 살 넘은 소나무들이 해변을 지키고 있고 마을은 바다 품에 안겨 졸고 있었다. 동네 어귀에 들어서자 논 위를 날던 제비가 부서지는 파도를 향해 질주했다. 우리를 반기는 듯했다.

시골 부모님 댁에서 옷을 갈아입고 친구 집으로 향했다. 뚝딱! 뚝딱! 공사가 한창이다. 대문을 열자 쨱쨱! 쨱쨱! 제비 우는 소리가 시끄러웠다. 빨랫줄 위에서 한 곳을 응시하며 연신 날갯짓을 하고 있었다. 제비의 시선을 따라가 보니 큰일이 벌어졌다. 제비집이 땅에 떨어져 몇 갈래로 부서져 있는 게 아닌가! 다행히 제비 알 세 개는 온전했다. 아! 그래서 제비가 저렇게 울어댔구나 생각하니 마음이 짠했다.

친구가 범인이었다. 들고 가던 사다리가 제비집을 건드렸다. 갑자기 화장실 공사가 제비집 수선공사로 바뀌었다. L자형 쇠막대를 벽에 고정시키고 그 위에 둥그런 플라스틱 판을 올렸다. 제비집을 조심히 플라스틱 판 위에 놓고 폼을 쏴 제비집을 이어나갔다. 제비는 불안한지 계속 우리 주변을 짹짹거리며 날아다녔다. 흙과 지푸라기를 잘 버무려 지은 집에 비할 바는 아니지만 그래도 제비 가족이 살 만하게 완성되었다.

구슬보다 작은 알을 조심히 새집에 놓았다. 그 순간 빨랫줄 위에 있던 제비가 날쌔게 제비집으로 들어갔다. 자리를 잡기 위해 작은 몸을 요리조리 움직이더니 알을 품기 시작했다. 그 이후 제비 울음소리는 들리지 않았다. 부자자효(父慈子孝)라고 했던가? '부모는 자애롭고 자식은 효도한다.'라는 의미다. 알이 깨어나면 말해 주고 싶었다. 엄마에게 꼭 효도하라고!

그날 밤 선창가에서 낚시를 했다. 붕장어 회를 떠 소주잔을 기울였다. 카~아! 이 맛이지! 얼큰하게 취기가 오른 친구가 말했다. "제비가 내년 봄에 박씨 하나 물어다 주지 않을까?" 내가 말했다. "네가 제비라면 박씨를 물어다 주겠니? 집에 들어갈 때 제비 똥이나 조심해라! 하! 하! 하!" 웃음소리가 선창가에 울려 퍼졌다.

달빛은 물결 위에서 춤을 췄다. 가로등 불빛에 둘러싸인 마을 야경은 여느 항구처럼 너무나 아름다웠다. 그쪽을 보며 속삭였다. "제비야! 미안해! 내년 봄에 새끼 데리고 꼭 다시 찾아와!" 멀리서 "네~에! 오늘 감사했어요." 하는 소리가 들리는 듯했다.

공통의 관심사를 찾아라

연애 시절에는 왜 몰랐을까? 결혼을 하고 보니 우리는 달라도 너무 달랐다. 예를 들면 나는 동적이고 집사람은 정적이다. 나는 축구광이고 집사람은 야구광이다. 나는 올빼미족이고 집사람은 아침형 인간이다. 나는 바다를 좋아하고 집사람은 산을 좋아한다. 나는 차를 좋아하고 집사람은 커피를 좋아한다. 나는 주로 영화 채널을 집사람은 뉴스 채널을 본다. 나는 술을 좋아하고 집사람은 술을 먹지 않는다. 닮은 점이 없었다.

서로 너무 달라 각자 좋아하는 일 하고 살면 그만이라 생각했다. 공감할 수 있는 소통의 장이 부족했고 유대감도 낮았다. 그러다 보니 따로국밥 부부가 되었다. 다시 결혼하기 전까지 공통의 관심사를 찾지 않고 살았다. 신기하게 다시 결혼하니 공통의 관심사가 하나둘씩 보이기 시작했다. 지금에야 알게 되었지만 공통의 관심사는 처음부터 있었다. 서로 진지하게 대화하고 찾지 않아 보지 못했을 뿐이었다. 우리 부부가 함께하는 취미를 소개하고자 한다.

1. 텃밭 가꾸기

텃밭 가꾸기는 우리 부부 공통관심사다. 웬만한 야채는 텃밭에서 자급자족한다. 봄이 오면 두둑을 만들어 모종을 심는다. 열심히 물을 주고 새싹을 기다린다. 싹이 트면 생명 탄생에 감동한다. 여름은 풀과의 전쟁이다. 함께 땀 흘리고 풀을 뽑다 보면 묘한 동질감을 느낀다. 그리고, 가을은 수확의 계절이다. 고구마, 땅콩, 고추, 오이, 가지 등을 수확해서 이웃과 나눠 먹은 정도 쏠쏠하다. 텃밭은 농작물만 키우는 게 아닌 듯싶다. 함께 텃밭을 가꾸다 보면 부부의 정도 무럭무럭 자란다.

2. 전통시장 둘러보기

주말이면 집사람과 전통시장에 가서 장을 본다. 전통시장은 대형마트와 달리 소소한 재미를 선사한다. 과일가게 아주머니의 구슬 굴러가는 목소리가 정겹고 정육점 총각의 우렁찬 목소리가 힘차서 좋다.

시장에 가면 먼저 국밥집에 들러 늦은 아침을 먹는다. 집사람이 살코기를 얹어주는 손길에서 따뜻한 정을 느낀다. 금세 한 그릇을 뚝딱 비우고 시장 구경에 나선다. 반찬가게를 지나면 호떡가게가 나온다. 집사람은 갑자기 방앗간 참새가 된다. 방금 식사를 마쳤는데 호떡을 한입 물고 행복해하는 모습이 천진난만하다.

어느 날 전통시장을 다녀와서 쓴 글이 있다. 잠시 숨 돌리고 가자.

제목: 약속

전통시장은 생기발랄함이 살아 숨 쉰다. 먼 옛날 배고픈 시절의 향수도 떠오른다. 온갖 먹을거리에 정신을 차릴 수 없다. 그래서 주말이면 집사람과 오색시장에 간다. 주차를 하고 시장입구에 들어선다. "호로록! 호로록! 호로록 설탕 수박이 단돈 만 원!" 아주머니의 구슬 굴러가는 소리에 손님들이 몰려든다. 저 앞 칼국숫집에 긴 줄이 보인다. 칼국수 한 그릇에 오천 원이다. 양도 많고 국물까지 깔끔하다. 사장님은 가격을 올리지 않겠다는 손님과의 약속을 오랫동안 지켜왔다. 긴 줄은 약속의 결실이다.

우리 앞에 긴 줄이 사라지고 뒤로 긴 줄이 보인다. 계산하고 자리를 잡는다. 옆 사람 먹는 모습에 벌써 군침이 돈다. 칼국수를 한입 먹으려는데 옆 테이블에서 핸드폰 컬러링 노랫소리가 들려온다.

진성의 안동역에서다.

"첫눈이 내리는 날 안동~역 앞에서~

만나자고 약속한 사~람~ 새벽부터~ 오는 눈~이~
무~릎까지 덮는데~ 안 오는 건지~ 못 오는 건지~
오~지 않는 사람아~~"

집사람이 칼국수를 한입 물고 막 김치에 손이 가려는데
내가 물었다. "안동역에서 기다리는 사람이 남자일까?
여자일까?" 별 게 다 궁금하다는 듯이 나를 쳐다본다.
"남자야!" 나는 자신 있게 말했다. "그걸 어떻게 아는
데?" 나는 대답했다. "내가 기다려 봐서 잘 알지."

어느새 우리는 칼국수를 먹으며 30년 전 추억의 책장
을 넘기고 있었다.

나는 대구에서 집사람은 목포에서 살고 있었다. 그 시절
에는 핸드폰이 없었다. 몇 시에 어디서 만나자고 약속하
면 그만이었다. 우리는 토요일 7시 남대구 버스터미널
에서 만나기로 약속했다. 약속 시간 30분이 지나도 나
타나지 않았다. 안 오는 것은 아닐 텐데 왜 못 오고 있
는지 속이 타들어 갔다. 걱정이 화가 되고 화가 다시 걱
정으로 바뀌길 여러 번. 시계를 보니 8시가 넘었다.

광주에서 출발한 막차가 도착했다. 마지막 손님이 내렸
다. 집사람 모습은 보이지 않았다. 한쪽 가슴이 뻥 뚫린
듯 허무했다. 이제 더 이상 도착할 버스가 없었다. 하지
만 자리를 떠나지 않았다. 약속했으니 집사람이 꼭 나타
날 거라 믿었다.

한참을 기다렸다. 택시 한 대가 잽싸게 터미널로 들어왔다. 집사람이 내리는 모습이 보였다. 두리번거리면서 누군가를 찾았다. 나도 모르게 달려가 집사람을 안아줬다. 광주에서 대구 가는 막차를 놓쳐서 총알택시를 타고 왔다고 했다. 기사님이 손님 세 명을 모을 때까지 기다려야 했고 대구 와서도 마지막으로 내려줘 늦었다고 했다.

핸드폰이 없던 그 시절! 우리는 공중전화를 이용했다. 전화번호를 잘도 외웠다. 약속 시간에 늦어도 올 거라 믿었다. 위치 추적까지 되는 요즘! 버튼만 누르면 영상 통화가 된다. 하지만 방금 통화한 전화번호도 기억 못한다. 우리의 약속은 솜털처럼 가벼워졌고 손바닥 뒤집 듯 약속을 어기고도 태연한 세상이 되어 가고 있다.

세상의 모든 약속이 칼국수 사장님의 약속! 핸드폰이 없던 그 시절의 약속! 그런 약속이 되면 세상이 얼마나 아름다울까?

3. 여행하기

얼마 전 중고 캠핑카를 구입했다. 주말이면 여행을 떠난다. 떠나기 전부터 설렌다. 이번 주는 어디로 갈까 고민하는 것도 즐겁다. 우리의 첫 여행지는 당진의 안섬 포구였다. 하루 내내 장대비가 쏟아져 차 안에서 빗소리만 들었다. 그래도 좋았다. 좁은 차 안에서 음식을 먹고 있자니 어릴 적 소꿉놀이하는 기분도 들었다.

강릉 송정해수욕장 가는 길에서 만난 가을 단풍은 지금 생각해도 예술이었다. 송정해수욕장 밤바다는 아름다웠다. 해변을 날던 갈매기가 폭죽 소리에 놀라 먼바다를 향해 방향을 틀었다. 해변을 따라 늘어선 가로등과 먼바다 고깃배 불빛이 묘한 조화를 이루고 있었다. 우리는 그 해변을 따라 손을 잡고 걸었다. 나는 우리 여행을 이렇게 이야기하고 싶다. 나를 찾아 떠난 여행이지만 돌아올 때는 항상 우리를 찾아 돌아온다고…….

4. 애완동물 키우기

우리 강아지는 포메라니안 수컷이다. 이름은 코코다. 윤기 나는 털에 코는 반질거리고 귀는 쫑긋하니 한눈에 봐도 잘생겼다. 세 살 때 우리 집에 입양되었다. 동물을 그렇게 싫어하던 집사람도 코코를 막내아들처럼 애지중지 키운다.

칠 년 가까이 살다 보니 이제 한식구가 되었다. 나는 코코 아빠가 됐고 집사람은 엄마가 되었다. 텃밭에 가든 여행을 떠나든 코코와 함께한다. 셋이 함께하면 둘이 있을 때보다 대화가 많아지고 웃을 일도 많아진다. 분위기가 화기애애하다. 나이 들어 늦둥이를 키우는 심정과 비슷하다. 애완동물은 부부 사이를 돈독하게 하는 마력을 가지고 있다.

5. 건강 지키기

어느 날부터 집사람은 가슴이 콩닥거리는 증세로 숙면을 취하지 못했다. 나는 비만에 혈압약까지 먹고 있었다. 서로의 건강이 염려되었다. 마침 지인에게 한의원을 소개받았다. 한의원은 온몸의 혈액순환을 원활하게 하는 침을 시술했다. 다행히 집사람 증세가 많이 호전되었고 나 또한 효과를 보았다.

한의원 가는 시간에 대화를 나누고 돌아오는 길에 맛집에 들르다 보니 연애 시절 데이트하는 기분까지 들어 좋았다. 건강은 아무리 강조해도 지나치지 않는다. 부부가 함께 하는 운동과 치료는 건강과 사랑을 동시에 얻을 수 있는 좋은 방법이라 생각된다.

"사랑은 서로 마주 보는 것이 아니라 함께 같은 방향을 바라보는 것이다."

- 앙투안 드 생텍쥐페리 -

설렘을 기억하라

설렘의 사전적 의미는 '마음이 가라앉지 않고 들떠서 두근거림'이다. 그 사람을 생각하면 가슴이 떨려 아무것도 손에 잡히지 않는 상태다. 개인적인 생각이지만 설렘이란 사랑의 거대한 폭풍 속에 간간이 내리는 보슬비 같기도 하다. 생각만 해도 촉촉하고 애틋하다.

지금까지 신혼이 되는 비법 네 가지를 배우기 위해 쉬지 않고 달려왔다. 이제 반환점을 막 돌았다. 잠시 설렘에 관한 내 경험담을 들으며 쉬어가도록 하자!

제목: 바뀐다는 것!

콰쾅! 쾅! 대포 소리에 땅이 진동한다. 나는 자랑스러운 포대 이등병이었다. 우리 부대는 향로봉 줄기에 요새처럼 숨어 있었다. 그림 같은 폭포 세 개가 장승처럼 부대를 지키고 있었다. 물은 부대를 휘감고 서화천을 향해 유유히 흘러갔다. 민통선 안이라 군인 아닌 사람은 볼 수 없었다. 온갖 새소리를 들으며 고향의 향수를 달래곤 했다.

그림 같은 폭포가 무슨 소용인가? 이등병은 폭포의 아름다움을 만끽할 새가 없다. 항상 크게 외치고 뛰어다니기 바쁘다. 몸도 마음도 피곤했다. 지천에 개나리가 만발한 어느 봄날이었다. 화장실 청소를 끝내고 고향 쪽을 보며 담배를 피우고 있었다. 저만치서 김 상병님이 폭포를 바라보며 휴~우! 깊은 한숨을 내쉬고 있었다. "김 상병님! 무슨 고민 있으십니까?" 묻자, "아냐!" 하시더니 담배 한 개비만 달라고 했다.

"네!" 하고 얼른 불을 붙였다. 담배 한 모금을 가슴 끝까지 들이마시며 "젠장, 바뀌었어."라고 말했다. "뭐가 바뀌었는데 말입니까?" "여자 친구 두 명에게 보낸 편지가 바뀌었어." "네?" 잠시 애매한 침묵이 흘렀다. 아! 어찌 이런 일이! 이럴 땐 뭐라고 위로해야 하나? 아무 말도 떠오르지 않았다. 나는 그냥 웃기고 슬펐다.

예상은 빗나가지 않았다. 김 상병님은 며칠 간격으로 두 여자 친구에게 슬픈 이별 편지를 받았다. 한동안 웃지 않았고 내 담배를 많이 얻어 피웠다. 시간이 흘러 김 상병님은 병장이 되었다. 웃으며 다시 누군가에게 편지를 쓰는 모습을 보았다. 나는 물었다. "이제 괜찮으십니까?" "그래! 그때는 죽을 것처럼 힘들었는데 지금은 괜찮아." 하셨다.

부대에 큰 교회가 있었다. 주말에 선임이 없는 안식처로 교회를 선택했다. 훈련을 하지 않는 군종병도 몹시 부러웠다. 찬송가를 부르고 주기도문을 외우고 있으면 마음이 조금은 위로가 되었다. 그날 저녁 절에 다녀온 동기가 떡도 얻어먹고 집에 전화도 했다고 자랑했다. 나는 왜 그걸 몰랐을까? 어린 시절 교회에 다녔지만 바로 불교로 개종했다.

드디어 주말이 왔다. 군화에 윤을 냈다. 콧노래를 부르며 육공트럭에 올라탔다. 한 달 만에 여자 친구와 부모님께 전화할 수 있다는 생각에 기분이 들떠 있었다. 절에 도착했다. 동기 따라 부처님께 절을 올렸다. 아! 절도 찬송가처럼 노래를 부르는구나! 나는 붕어처럼 입만 뻐끔거렸다. 모든 게 생소하고 낯설었지만 전화할 수 있다는 생각에 참을 수 있었다.

불교 의식이 끝나고 드디어 자유 시간 10분이 주어졌다. 한 달 만에 들은 여자 친구 목소리가 너무나 반가웠다. 10분이 이리도 짧았던가? 시간이 너무 빨리 흘러갔다. 결국 부모님과 통화는 다음으로 미룰 수밖에 없었다. 그날 이후 주말마다 절에 갔다. 어느새 나는 불교 노래를 소리 내어 부르고 있었다.

인생을 살다 보면 내 의지로 아니면 의지와 상관없이 많은 것들이 바뀔 수 있다. 김 상병님은 편지가 바뀌어 두 여자 친구를 울렸고 본인도 울었다. 나는 내 의지로 종교를 바꿨다. 하느님이 눈물 흘리셨을지도 모르겠다.

앞으로 살아가면서 무언가 바뀌어 나도 신도 다른 사람도 슬퍼할 일이 없었으면 좋겠다.

상상해 보자. 한 달 만에 애인과 통화하기 위해 절에 가는 신병의 모습을……. 아마, 뒤척이던 전날 밤은 길었을 것이고 통화한 10분은 찰나와 같았을 것이다. 그리고 군화 발자국 뒤에 설렘의 가루가 뚝뚝 떨어졌을 것이다. 30년이 지난 지금도 그날 일이 선명하게 떠오른다. 그날의 설렘과 함께…….

누구나 연애하고 결혼하면서 이런 설렘의 기억 몇 개쯤은 간직하고 있을 것이다. 하지만, 그 애틋하고 가슴 아린 설렘의 기억도 의식적으로 깨우지 않으면 잠들어 있기 마련이다. 누군가 사랑할 때 분비되는 옥시토신 호르몬도 2~3년이 지나면 점차 감소한다고 한다. 시간이 지나면 모든 감정이 시들해지는 게 자연의 섭리다. 그래서, 가끔 잠들어 있는 설렘의 기억을 흔들어 깨워야 한다.

지금부터 설렘의 효과와 유지하는 방법에 대해 알아보자.

설렘이 주는 효과는 다양하다.

1. 권태로움을 극복할 수 있다.

이삼십 년 결혼 생활을 하다 보면 그날이 그날 같다. 평범하기 그지없다. 그냥 하루하루를 살아갈 뿐이다. 배우자에 대한 설렘을 언제 느꼈는지 기억나지도 않는다. 인생의 호수가 바람 한 점 없고 고즈넉할 뿐이다. 이렇게 살다 보면 권태로움과 우울증이 찾아온다.

가끔 가슴 설레는 추억을 소환하면 어떤 일이 벌어질까? 잔잔한 호수에 돌을 던지는 것과 비슷할 것이다. 작은 돌 하나가 호수에 파동을 일으키듯 설렘의 기억 한 조각이 식어가는 감정에 불을 지필 것이다. 그리고 어느 날 잃어버린 배우자에 대한 애틋한 감정까지 찾아줄 수 있다.

2. 다시 시작할 수 있게 도와준다.

어느 날 친구가 심각한 얼굴로 나를 찾아왔다. "성격 차이가 너무 커 더 이상 같이 못 살겠다." "결혼 생활을 끝내고 싶다."라고 말했다. 친구의 슬픈 눈빛을 보며 말했다. "그렇게 다들 반대하는데 그 사람 아니면 안 될 것 같다고 결혼한 거 잊었어? 지금 네 기분 알겠는데 그래도 다시 한 번 심사숙고해라." 친구는 돌아갔고 아직 결혼 중이다. 가끔 싸우지만 잘살고 있다.

시간이 지나 친구가 말했다. "그때 네 말 듣고 곰곰이 생각해 봤는데 알다시피 우리가 남들보다 어렵게 결혼했잖아. 사랑하는 마음과 믿음이 없었다면 결혼하지 못했을 거야. 막상 헤어진다고 생각하니 함께한 추억이 떠올라 눈시울이 뜨거워지더라." 아마 친구의 기억 속에 설렘이 많았던 모양이다. 나는 설렘의 기억이 이별을 막았다고 자신한다.

우리는 누구를 좋아할 때 설레는 감정을 느낀다. 하지만, 감정은 시들기 마련이다. 가끔 과거의 설렘을 떠올리자. 그러면 시든 감정에 작은 두근거림을 느낄 것이다. 그리고 위기의 순간 짠하고 나타나 다시 시작하게끔 도와줄 거라 믿는다.

3. 부부관계에 윤활유 역할을 한다.

애정이 불타는 신혼부부나 알콩달콩 사이가 좋은 커플을 보면 우리는 '깨가 쏟아진다'라고 표현한다. 왜 하필 깨가 쏟아진다고 했을까? 햇볕에 잘 마른 깻대를 털면 깨가 우수수 떨어진다. 금실 좋은 부부는 깨처럼 행복과 사랑이 흘러넘친다. 맛 또한 비슷하다. 깨는 고소하고 애정은 달콤하다. 그래서 사이좋은 연인을 깨에 비유하지 않나 싶다.

그럼, 권태기에 접어든 부부는 왜 깨가 쏟아지지 않을까? 다 털고 난 깻대가 밭에서 뒹굴 듯 쓸쓸하고 허전할까? 설렘의 샘이 말랐기 때문이다.

"인간은 추억을 먹고 산다."라는 말이 있다. 나를 설레게 했던 추억은 무미건조한 결혼 생활에 윤활유 역할을 한다. 물론, 설렘이 완전한 처방이 될 수 없다는 것은 안다. 하지만 가끔 배우자와의 설레었던 추억을 떠올려 보자. 깨 한 말은 아니더라도 한 스푼 정도는 넉넉히 쏟아질 거라 믿는다.

설렘을 떠올리는 방법을 소개한다

1. 가꾸고 꾸미자.

연애 시절을 떠올려 보자. 서로 잘 보이기 위해 노력한다. 화장을 하고 향수를 뿌린다. 침대 위에 옷이 널브러져 있고 당신은 거울 앞에서 분주하다. 데이트를 준비하는 내내 설렌다. 지금은 어떤가? 오래 살다 보니 편하다. 그래서 꾸미지 않는다. 호수의 물오리도 하루에 몇 번씩 깃털을 손질한다. 설레는 감정을 유지하려면 자신을 가꾸고 꾸며야 한다. 배우자를 설레게 하려면 운동과 꾸미기는 선택이 아닌 필수다.

2. 설렘의 장소를 방문하자.

"신촌을 못 가. 한번을 못 가. 혹시 너와 마주칠까 봐. 널 보면 눈물이 터질까 봐. (중략) 종일 땀이 찼던 두 손 뜨겁던 입맞춤도 다 거기 있잖아. 다 살아 있잖아." '신촌을 못 가' 노래 가사다.

주인공은 신촌에서 고백하고 추억을 쌓다 이별했다. 신촌을 잊을 수 없다.

당신도 특별한 장소가 있을 것이다. 연애 시절 설레고 달콤했던 장소를 다시 방문해 보길 권한다. 호숫가 조용한 찻집이든 망망대해가 보이는 횟집이든 동네 선술집이든 문을 열고 들어서는 순간 설렘이 환하게 웃으며 당신을 마중 나와 있을 것이다.

3. 가끔 앨범을 들여다보자.

어느 날 시골집에서 사진 한 장을 발견했다. 이십 대였다. 우리는 바다를 배경으로 사진을 찍었다. 에메랄드빛 바다는 눈부셨다. 조약돌은 파도에 몸을 맡긴 채 뒹굴고 있었다. 사진 한 장이 순식간에 나를 그 해변으로 소환했다. 바다 냄새가 나고 파도 소리가 들리는 듯했다. 우리 사랑과 설렘이 사진 속에 고스란히 담겨 있었다.

사진은 묘한 마력이 있다. 추억의 장소로 순간이동 시킨다. 생생

한 느낌을 다시 재현해 주는 강력한 도구다. 때로는 말과 글보다 사진 한 장이 주는 감동이 훨씬 크기도 하다. 가끔 사랑하는 배우자와 찍었던 사진을 들춰보길 바란다. 그 안에 선물이 보일 것이다. '가슴 설렘.'

4. 일기나 연애편지를 보자.

중학생 때 일이다. 시골 창고에서 물건을 찾다 우연히 어머님의 연애편지를 발견했다. 항상 엄격하신 어머님이 아버님을 그리워하며 쓰신 손 편지가 기분을 묘하게 했다. 어머님이 아버님을 이렇게 사랑하셨구나! 하고 생각하니 어린 내 가슴도 설레지 않았나 싶다.

초등학교 시절로 가보자. 누구나 작은 자물쇠가 달린 일기장을 가지고 있었다. 일기장 주인은 표지에 '절대 보지 말 것'이라고 적었다. 자물쇠를 열고 일기를 훔쳐보는 당신 모습이 떠오르지 않는가? 아마, 당신 심장 두근거리는 소리도 들릴 것이다.

누군가의 편지나 일기는 타인의 가슴도 두근거리게 하는 것 같다. 만약 본인이 이삼십 년 전 쓴 일기나 편지를 본다면 어떤 느낌일까? 문장 사이마다 스며 있는 사랑과 애정에 가슴이 뛸 것이다. 그때는 그랬구나! 정말 좋아하고 사랑했구나! 설렘이 요동칠 것이다. 가끔 자신의 일기나 편지를 들여다보자. 잠들어 있던 설렘이 놀라 일어나 당신 앞에 서 있는 것을 목격할 것이다.

"추억은 삶을 향기롭게 만드는 장미꽃이다."

– 제임스 바론 –

중학교까지 시골에서 살았다. 내가 다니던 길 위에 수많은 추억이 뒹굴고 있을 것이다. 행복했던 그 시절을 떠올리며 쓴 글이 있다. 당신이 거닐던 그 길도 함께 떠올랐으면 좋겠다.

가인리 길!

태풍 종달새가 새벽부터 비를 뿌리고 있다. 우산을 들고 산책에 나섰다. 야트막한 야산을 지나 호수공원을 한 바퀴 돌면서 비 내리는 아침 풍경을 만끽하고 싶었다. 호수에 있어야 할 물오리 한 쌍이 길을 잃었는지 뒤뚱뒤뚱 야산을 배회하고 있었다. 물오리가 멀어져가고 야산을 오르다 문득 시골 가인리 길이 생각났다.

어느 시골 마을마다 건넛마을로 가는 길이 있기 마련이다. 우리 마을에서 산 너머 마을로 가는 길을 우리는 가인리 길이라 불렀다. 얼마나 많은 사람들이 그 길을 걸었을까? 그 길은 수많은 이의 추억들이 돌이 되어 뒹굴고 있을 것이다. 누군가의 눈물은 낙엽이 되어 길 위에 떨어졌을 것이고 또 어떤 이의 기쁨은 밤하늘의 별이 되어 길을 비추고 있을 것이다.

우정 길!

아버지는 산 너머 친구와 술을 마셨다. 거나하게 취한 친구는 '내가 자네 마을까지 배웅해 줌세!' 별이 총총한 밤 두 분은 가인리 길을 걸으셨다. 우리 마을 어귀에 도착하고 이번에는 아버지가 '아따! 친구야! 인자 데려다 줌세!' 그리고 다시 달빛 아래 가인리 길을 두 분이 넘으셨다. 그렇게 몇 번을 더 하고 날이 밝아왔다고 한다. 가인리 길은 아버지의 끈끈한 우정 길이다.

공포 길!

중학교는 가인리를 지나 월부리에 있다. 버스를 놓치는 날이면 한 시간을 걸어야 했다. 중학교 2학년 어느 종례 시간이었다. 나와 친구는 태도 불량으로 지적되었다. '선생님 다시 올 때까지 복도에서 무릎 꿇고 있어!' 하고 사라지셨다. 시간이 흘러 날이 어둑어둑해지고 부엉이 소리가 들렸다. 아! 선생님은 우리를 잊었다. 수위 아저씨도 퇴근했다. 우리는 창문을 넘었다. 가인리에 사는 친구에게 손전등을 빌렸다. 밤이면 도깨비가 나온다는 가인리 길! 그 무서운 길을 우리는 벌벌 떨면서 넘었다. 가인리 길은 나의 오금 저리는 공포 길이다.

기다림 길!

어릴 적 보자기를 가슴에 안고 가인리 길을 매일 걸어가는 아주머니가 계셨다. 우리는 그분을 치님이라 불렀다. 그분의 남편은 집을 나가 돌아오지 않았다고 한다. 남편을 잃은 슬픔에 치님이는 미쳤다고 했다. 얼마나 보고 싶으면 매일 보자기를 싸 들고 가인리 길을 걸었을까 생각하니 마음이 너무나 애잔하다. 가인리 길은 치님이의 가슴 아린 기다림 길이다.

꿈의 길!

중학교 시절! 주말이면 종종 걸어서 집에 왔다. 케첩과 설탕을 듬뿍 바른 핫도그를 먹으면서 걸었다. 금세 먹어 치우고 밭에 무도 뽑아 먹었다. 지붕에 말린 고구마도 집어 먹고 건장에 말린 김도 뜯어 먹었다. 중학생은 뒤 돌아서면 항상 배고팠다. 그렇게 먹다 보면 가인리 길 초입에 들어선다. 산길을 오르다 보면 어느새 가인리 길 정상이다. 다도해를 품은 망망대해를 바라보며 우리는 꿈을 키웠다. 도시에 나가 돈 많이 벌어 성공해야지 하면서……. 가인리 길은 우리가 꿈꾸던 길이다.

추석이 얼마 남지 않았다. 이번 추석에는 가인리 길을 걸으며 누군가의 사연들을 만나고 싶다.

대화법을 익혀라

부부관계에서 대화는 아무리 강조해도 지나치지 않는다. 부부가 행복한지 불행한지는 대화에 달렸다고 해도 과언이 아니다. 그럼 대화법을 익힌다고 과연 행복한 부부가 될까? 난 아니라고 생각한다. 왜냐하면 말은 생각에서 나오고 생각은 마음에서 나오기 때문이다. 마음에서 우러나온 대화가 상대방을 움직일 수 있다.

대화보다 마음이 먼저다. 배우자를 미워하는 마음이 없는지 먼저 살펴야 한다. 있다면 언제부터 왜 미워졌는지 곰곰이 생각해 보자! 이유를 알아야 해결책을 찾을 수 있다. 마음을 차분히 가라앉히고 진지하게 대화를 시도하자! 대화가 어렵다면 글로 써도 상관없다. 생각을 나누고 반성하다 보면 미워하는 마음은 어느 정도 정리된다. 그동안 갈등을 해소할 소통이 없었다는 사실에 놀랄 수 있다.

자! 어느 정도 마음이 정리되었다면 이제 행복한 부부가 되는 대화법에 대해 알아보자.

1. 경청은 대화의 기본이다.

누군가를 만나 차 한잔을 마시고 집에 돌아왔다. 귀에서 피가 흐른다. 두 시간 동안 어찌나 떠들어대는지 귀가 멍하다. 중간에 한마디 하고 싶은데 끼어들 틈이 없다. 말 그대로 따발총이다. 무슨 이야기를 들었는지 생각나지도 않는다. 헤어지면서 못 한 말은 전화로 하자고 한다. 미칠 노릇이다. 입도 아프고 배도 고플 텐데 참 대단하다는 생각까지 든다. 몸은 피곤하고 정신은 멍하고 마음은 불쾌하다.

부부 중 한 사람이 이런 따발총 스타일이라면 얼마나 피곤할까? 대화는 따발총이 아니라 권총 스타일로 해야 한다. 상대방의 말을 경청하고 내 생각을 이야기하고 서로 주고받아야 한다. 일방적인 대화는 소음에 불과하다.

상대방의 말을 경청하게 되면 서로 마음을 열고 진지하게 대화할 수 있다. 대화를 통해 서로의 마음을 이해하면 자연스럽게 갈등이 해소된다. 갈등이 해소되면 신뢰가 쌓이고 부부관계가 개선된다. 그래서 전문가들이 행복한 부부의 대화법 중 경청을 1순위로 뽑는다.

"행복한 부부는 따발총이 아닌 권총 스타일로 대화한다."

2. 눈을 보면서 이야기하라.

하루가 어떻게 지나갔는지 모른다. 산적한 업무와 씨름하며 전화 응대를 하다 보니 벌써 퇴근 시간이다.

고단한 몸을 씻고 식탁에 앉아 TV를 켠다. 부인이 말을 걸어온다. "여보! 오늘 무슨 일이 있었는지 알아? 빅뉴스야." 남편의 시선은 TV에 고정되어 있다. 콩나물을 입으로 가져가면서 건성으로 대답한다. "뭔데?" "당신도 알잖아. 학부형 모임에서 봤던 그 아줌마……." 고개는 여전히 TV에 둔 채 "누구?" 하고 말한다. "당신! 내 말 듣고 있는 거야? 짜증 나! 말 안 할 거야."

혹시 당신의 모습 아닌가? 그렇다면 판소리에 나오는 고수에게 한 수 배워야 한다.

판소리를 듣다 보면 중간에 고수가 흥을 돋우기 위해 '얼씨구' '좋다' '그렇지' 하고 추임새를 넣는다. 추임새는 '추어주다'에서 나온 말로 '칭찬해 주다'라는 뜻을 가지고 있다고 한다. 고수의 추임새는 창을 부르는 사람에게 힘을 주고 관객의 흥을 돋워준다. 부부의 대화에서 듣는 사람은 고수처럼 추임새를 넣어줘야 한다.

대화에서 추임새는 몸을 상대 쪽으로 향하고 가끔 눈을 쳐다보거나 고개를 끄덕이는 행동이 될 수 있다. 말하는 사람은 상대방이 내 이야기에 집중하고 있구나 생각하고 공감대가 형성되면서 자존감이 높아진다. 반대로 시선을 다른 곳에 두고 대화를 하게 되면 나를 무시한다는 생각에 불쾌감을 느낄 수 있다. 배우자와 대화하면서 사랑스러운 눈으로 쳐다보고 고개를 끄덕여 줘라. 밥상에 웃음꽃이 피게 될 것이다.

"눈을 보지 않고 하는 대화는 대화하지 않는 것보다 못하다."

3. 넘겨짚어 말하지 마라.

상대방의 입장과 상황을 지레짐작하고 단정해서 말하면 안 된다. 상황을 정확하게 파악한 다음 대화해야 한다. 그렇지 않으면 오해의 말 한마디로 싸움이 시작될 수 있다.

'열 길 물속은 알아도 한 길 사람 속은 모른다.'라는 속담이 있다. 서로 소통하지 않으면 상대방의 마음을 알 수 없다. 예를 들어보자. 남편은 부인의 차가 낡아 항상 불안했다. 새 차를 사주기 위해 몰래 저축했다. 어느 날 부인이 남편 통장을 발견했다. 남편을 쥐잡듯이 잡았다. "새 살림 차린 거 아니냐?" "엄마 주려고 모은 돈이냐?" 남편은 화가 났다. 차 이야기는 꺼내고 싶지 않았다. 대판 싸우고 대화가 사라졌다.

부인은 남편의 마음을 알려고 하지 않았다. 한 번 더 생각하지 않고 넘겨짚어 말했다.

오해의 말을 던지기 전에 부인이 이렇게 이야기했으면 좋았을 것이다. "여보! 혹시 무슨 일 있어요? 우연히 당신 통장을 봤어요? 사실대로 이야기해 주면 좋겠어요." 아마, 남편은 "당신 차가 낡아 항상 불안했어. 새 차 선물하려 했는데 들켜버렸네."라고 말한 것이다. 그럼, 부인의 눈가에 이슬이 맺히지 않을까?

한번 뱉은 말은 주워 담을 수 없다. 넘겨짚어 말하기 전에 상황을 파악하는 소통이 먼저다. 부부싸움은 항상 사소한 오해에서 시작된다. 말하기 전에 한 번 더 생각하자. 그러면 오해가 사라져 서로 이해하고 신뢰하는 부부가 될 것이다.

"말하기 전에 한 번 더 생각하라. 오해의 말 한마디가 싸움의 불씨가 된다."

4. 진실하게 대화하라.

부부는 솔직하게 자신의 생각과 감정을 이야기해야 한다. 신뢰가 쌓인 부부는 어떤 문제가 발생하더라도 서로 의지하며 헤쳐 나간다. 반대로 서로 믿지 않는 부부는 작은 문제 앞에서 다투기 일쑤다. 솔직함은 행복한 부부의 필수조건이다.

상대방을 걱정하고 염려하는 선의의 거짓말은 괜찮은 걸까? 잠시 괜찮아 보이지만 종국에는 좋지 않게 끝나는 경우가 대부분이다. 한번 거짓말을 하게 되면 거짓말을 덮기 위해 또 다른 거짓말을 할 수밖에 없다. 양치기 소년이 되어 버린다. 어떤 말을 해도 믿음이 가지 않고 신뢰가 땅에 떨어지게 된다. 어떤 선의의 거짓말도 부부관계에 도움이 되지 않는다.

배우자가 안 하던 거짓말을 자주 한다면 배우자를 탓하기 전에 먼저 나의 행동을 돌아볼 필요가 있다. 쥐도 궁지에 몰리면 고양이를 무는 법이다. 상대방의 말을 귀담아듣지 않고 일방적으로 다그치거나 몰아붙이지 않았나 생각해 보자. 사실대로 이야기했다가 무슨 봉변을 당할지 모른다고 생각할 수도 있다. 내가 거짓말을 하게 만드는지도 모를 일이다.

"행복한 부부가 되기 위해서는 서로 거짓의 옷을 벗고 알몸으로 대화해야 한다."

5. 입장 바꿔 대화하라.

몇 해 전 시청자들을 열광하게 했던 드라마가 있었다. 현빈과 하지원이 주연한 '시크릿 가든'이라는 드라마다. 어느 날 갑자기 영혼이 바뀌었다. 다른 사람의 몸을 가지고 진정한 자아를 찾아가는 여정을 그린 로맨틱 판타지물이다.

드라마를 보며 이런 생각을 했다. 맨날 싸우는 부부가 영혼이 바뀌면 어떻게 될까? 서로가 되어 살다 보면 상대방의 입장을 너무나 잘 알게 될 것이다. 다시 영혼을 찾게 되는 날 "당신이 되어 살아보니 그동안 몰랐던 사실을 많이 알게 되었고 반성하는 계기가 되었다."라고 말하지 않을까?

부부는 다르게 태어났고 다르게 자라왔다. 그래서 취미도 성격도 가치관도 다 다르다. 서로 다름을 인정하면 진정성 있는 대화를 할 수 있다. 나의 의견만을 주장하지 않고 상대방의 생각을 존중하게 된다.
서로 입장 바꿔 생각하고 대화하다 보면 드라마 속 주인공처럼 행복한 연인이 되지 않을까?

"부부는 내가 네가 되어 대화해야 한다. 그러면 싸울 일이 없다."

6. 잔소리 아닌 대화를 하라.

데일 카네기는 인간 관계론에서 '결혼 생활을 행복하게 만드는 7가지 비결'을 이야기하면서 '잔소리하지 마라'를 첫 번째 비결로

꼽았다. 레프 톨스토이는 '전쟁과 평화' '안나 카레니나'와 같은 걸작을 발표한 대문호였다. 하지만 폐렴으로 죽어 가면서도 부인을 오지 않게 해달라는 유언을 남겼다고 한다. 아내의 지긋지긋한 잔소리가 싫었기 때문이다. 부인도 딸들에게 자신의 불평과 잔소리가 남편을 죽게 했다고 인정했다.

남편의 잔소리도 만만치 않다. 십여 년 전 대법원의 소송사건이다. 남편은 밤늦게 귀가해 새벽에 잠들기 전에 잔소리용 메모를 남기고 잠들었다고 한다. 메모 내용은 '주름을 한 줄로 다려줄 것', '부추 약하게 양념', '바지 세탁기 돌리지 말 것', '카드 함부로 쓰지 말 것' 등 살림에 일일이 간섭하는 내용이었다. 부인은 노예 같은 결혼생활을 견디지 못하고 소송을 제기했다. 대법원은 부인의 손을 들어줬다. 법원조차 과한 잔소리는 이혼 사유에 해당된다고 판단했다.

심한 잔소리는 대화가 아니다. 배우자를 죽음에 이르게 할 수 있고 이혼 사유도 될 수 있다. 같은 말을 반복하면 상대방은 심한 스트레스를 받는다. 잔소리는 부부관계에 전혀 도움이 되지 않고 상대방에게 상처만 준다.

"잔소리는 대화가 아니다. 서로의 영혼을 서서히 갉아먹는 독이다."

7. 침묵은 최악의 대화법이다.

부부 사이에 가장 나쁜 대화법 중 하나는 묵비권을 행사하는 것이다. 보통 싸우면 꼴 보기 싫고 말을 하고 싶지 않아 침묵을 선택하는 부부가 많다. 나도 그랬으니 충분히 이해한다. 그 상황에서 이야기해 봤자 또 싸우게 되니 차라리 입을 다물자는 마음이다. 포성이 멈추고 휴전상태에 접어든다. 조용하니 평화로워 보인다. 짧은 침묵은 싸움의 기술이 될 수 있지만 긴 침묵은 관계를 악화시킬 뿐이다.

휴전상태가 지속되면 제2장에서 이야기했던 '그림자 부부'나 '따로국밥 부부'가 돼 버린다. 그림자처럼 슥 지나가며 각자 따로 살게 된다. 감정이 식어가고 먼저 다가가려는 시도초차 않는다. 유대감과 친밀감이 사라지고 소 닭 쳐다보듯 살아갈 확률이 높다.

대화가 단절된 부부를 몸에 비유하자면 산소가 공급되지 않는 상태다. 아주 위험한 상황이다. 몸을 살리기 위해 인공호흡을 하듯 원만한 부부관계를 회복하기 위해서 대화를 다시 시작해야 한다. 진지하게 서로 대화하면서 잘못한 점은 사과하고 서로 이해하고 용서해야 한다. 어떤 상황이든 침묵이 답이 아니라는 사실을 명심하자!

"말하지 않으면 귀신도 모른다. 거미줄 친 입에는 미소가 머물지 않는다."

지금까지 입으로 하는 대화법에 대해 알아보았다. "백 마디 말보다 한 번의 실천이 중요하다."라는 말이 있다. 어느 때는 손을 잡아주거나 어깨를 토닥이며 안아주는 행동이 말보다 더 큰 감동을 준다. 중년 부부는 몸으로 표현하는 것에 서툴다. 나도 마찬가지다. 이번 기회에 스킨십에 대해 알아보자. 돈이 드는 것도 아니고 손해 볼 것도 없으니 눈 꼭 감고 같이 시도해 보자.

1. 손을 꼭 잡아 줘라.

삼십 년이 지난 이야기다. 사과 한 봉지로 인연이 시작되고 얼마 후 그녀와 영화를 보았다. 제목은 잘 생각나지 않지만 해피 엔딩으로 끝나는 장면에서 손을 꼭 잡았다. 그녀의 손이 미세하게 떨렸다. 아무 말도 하지 않았지만 내 마음이 고스란히 전달됐을 거라 생각한다. 손을 잡아주는 행동은 상대방에게 믿음을 준다. 나와 같이 함께하자는 무언의 대화이기도 하다.

과학자들은 연인이 손을 잡으면 나타나는 효과에 대해 이렇게 말한다. 스트레스 호르몬인 '코르티솔'의 분비가 감소되어 스트레스가 줄어든다. 또 피부를 민감하게 만드는 코르티솔이 감소되어 피부를 진정시키고 심장과 심혈관계, 뇌에도 긍정적인 영향을 준다. 몸도 마음도 건강해진다고 하니 배우자와 손을 꼭 잡고 다니자.

2. 어깨를 토닥이거나 주물러 줘라.

우리는 무의식적으로 등을 토닥여 주는 행동에 익숙하다. 엄마가 아기를 품에 안고 자장가를 부르며 수없이 등을 토닥여 줬기 때문이다. 안정감을 느끼고 엄마 품에서 편안하게 잠들었지만 기억하지 못할 뿐이다. 연인이 어깨를 토닥여 주면 어떤 느낌이 들까? 남성은 잘했다는 칭찬에 자존감이 높아질 수 있다. 여성은 나의 수고를 알아주는 마음에 행복감을 느낀다.

남편은 회사에서 부인은 가정에서 일하다 보면 스트레스가 자연스럽게 따라온다. 스트레스를 받거나 피곤하면 어깨부터 뭉친다. 시중에 좋은 안마기가 많다. 하지만 배우자가 지친 어깨를 주물러주는 게 훨씬 효과가 높다. 결린 어깨가 시원할 뿐 아니라 지친 마음도 함께 풀린다. 상대방을 배려하는 마음에 감사하게 되고 서로 존중하게 된다.

3. 서로 포옹하라.

삼십여 년 전 아버님이 공채시험에 합격한 나를 안아 준 적이 있다. 그날의 감정은 영원히 잊을 수 없다. '그래. 아들아, 고생했다. 자랑스럽다.'라는 말보다 아버님의 따뜻한 포옹이 부자 관계를 더욱 돈독하게 해줬다. 그런 영향이었을까, 애들을 키우면서 싸운 후에 서로를 안아 주게 했다. 싸우는 횟수가 줄었고 사이가 좋아졌다. 나는 가슴과 가슴으로 대화하는 아름다운 행동이 포옹이지 않을까 생각한다.

심리학자들은 포옹이 신체보다 정신에 미치는 영향이 크다고 말한다. 포옹은 염증을 유발하는 사이토카인 수치를 감소시키고 스트레스 호르몬인 코르티솔 수치를 낮춘다고 한다. 사랑의 호르몬이라고 불리는 옥시토신과 엔도르핀과 같은 행복 호르몬까지 분비한다고 한다.

막상 부부끼리 포옹하려면 쑥스러울 수 있다. 천 리 길도 한 걸음부터다. 눈 찔끔 감고 한번 시도해 보자.
열 번의 대화보다 한 번의 포옹을 권한다. 메마른 사랑의 가지에 예쁜 꽃이 필 거라 자신한다.

"대화는 우리의 생각을 다듬고 관계를 형성하며 서로를 이해하는 수단이다."

– 데보라 테넌 –

비교하지 마라

결혼 생활을 하면서 남과 비교하는 말은 기름통을 안고 불구덩이로 뛰어드는 일과 같다. "자! 이제 본격적으로 싸워보자!"라는 선전포고다. 1장 '싸움의 기술을 익혀라'에서 보았던 A, B 부부의 창문을 다시 들여다보자. 비교하기가 왜 이리 심각한 행동인지 쉽게 알 수 있을 것이다. 저녁을 먹으면서 부부의 대화가 시작된다.

A 부부

부인: "오늘 김치 새로 담갔는데 당신 입맛에 맞는지 모르겠네?"

남편: (김치를 한입 먹고) "시골 엄마가 담근 김치 맛이 아니잖아. 내가 항상 이야기했지. 시골 엄마 김치하고 똑같이 하라고."

부인: (인상을 쓰며) "그럼 김치 잘 담그는 너희 엄마하고 살든지. 허구한 날 투정이야."

남편: "알았어. 알았어."

부인: (남편 눈치를 보며) "옆집 철수 엄마가 유럽 여행 다녀왔다고 자랑하더라고. 우리도 가까운 동남아라도 다녀올까?"

남편: "돈 없어."

부인: (인상 쓰며) "짜증 나. 결혼해서 당신이 해준 게 뭐가 있어? 고생만 시키고."

남편: "그럼 지금이라도 능력 있는 철수 아빠 같은 사람 만나든지……."

부인: "지금 그걸 말이라고 해?"

B 부부

부인: "오늘 김치 새로 담갔는데 당신 입맛에 맞는지 모르겠네요?"

남편: (김치를 한입 먹고) "역시! 새로 담근 김치라 감칠맛 나네.

김치 담그느라 고생했어요."

부인: (웃으며) "맛있게 먹어주니 감사하네요. 먹고 싶은 음식
있으면 이야기하세요."

남편: "허허허. 당신이 해주는 건 다 맛있어."

부인: "애들이 해외여행 가고 싶어 하는데 동남아 여행 다녀오
는 건 어때요?"

남편: "그래! 고민해 봐야겠네."

부인: "당신 돈 없으면 내가 저축한 돈으로 가도 되고요."

남편: (사랑스러운 눈빛으로) "살림하기도 빠듯한데 언제 저축
까지 했어? 여보! 고마워."

부인: (미소 지으며) "당신이 힘들게 일하느라 힘들었지. 내가
뭘 한 게 있어요?"

A 부부는 배우자를 남과 비교하고 밤새 싸웠다. 김치가 설령 입

맛에 안 맞더라도 고생했다고 칭찬하면 될 일이다. 엄마 김치하고 비교하면 기분 좋을 부인이 어디 있겠는가? 부인도 마찬가지다. 옆집 철수네 아빠하고 비교하면서 남편 자존심을 빡빡 긁어놓았다.

당신은 A와 B 부부 중 어느 부부와 더 가까운지 생각해 보자.

B 부부에 가깝다면 아래 내용은 스킵 해도 상관없다. A 부부와 가깝다고 생각하면 반듯이 아래 내용을 읽고 가자. 어제 대화를 되돌아보고 잘못된 점이 있다면 고쳐 나갔으면 좋겠다.

한국 사회 전반에 비교하는 문화가 깊이 뿌리내려 있다고 한다. 더 나은 외모, 성적, 직업, 집, 자동차, 배우자 등이 인생 목표인 경우가 많다. 남과 비교하고 비교당하며 살아간다. 정작 중요한 내면의 성찰이나 보살핌은 뒷전이다.

지금부터 남과 비교하면 어떤 문제점이 발생하고 과연 해결 방안이 있는지에 대해 알아보도록 하자.

남과 비교하면 이런 문제가 뒤따른다.

1. 부메랑이 되어 돌아온다.

우리 속담에 '되로 주고 말로 받는다.'라는 말이 있다. 예를 들어 부인이 남편에게 "옆집 남편은 그렇게 다정다감하다는데 당신은 왜 이 모양이야?"라는 화살을 쏘았다고 가정해 보자. "그럼, 그 남자하고 살든지." 하고 곧바로 반격의 화살이 날아들 것이다. 서로 화살을 맞아 피 흘리며 아파할 것이 뻔하다. 누워서 침 뱉기고 득 될 게 하나 없는 일이다. 배우자를 누군가와 비교하는 말은 항상 더 많은 부메랑이 되어 돌아온다는 점을 명심하자.

2. 자존감을 무너뜨린다.

인간의 자존감은 무척 중요하다. 자존감이 상처를 받으면 열등감을 느끼고 자기혐오의 감정으로 발전할 수 있다. 우울증과 공황장애를 유발하기도 한다. 남과 비교하는 말 한마디가 한 사람의 자존감을 너무 쉽게 무너뜨린다. 한번 무너진 자존감은 좀처럼 회복되지 않는다. 부부 사이에 대화가 사라질 것이고 방치하면 이혼으로까지 번질 수도 있는 심각한 일이다.

3. 나만의 개성을 잃어간다.

해변에 수없이 널려 있는 조개껍데기를 들여다보자. 모양, 크기,

색깔, 무늬가 제각각이다. 똑같은 것은 없다. 우리 인간도 마찬가지다. 각자 유일무이하고 소중한 나만의 독특한 개성을 가지고 있다.

하지만, 이 소중한 개성도 비교라는 단어 앞에서는 맥을 못 춘다. 누구나 다른 사람과 비교당하면 자신의 소중한 개성이 형편없다고 생각하는 경향이 있다. 그러면 아름다운 나만의 빛깔은 서서히 빛을 잃어간다.

너무 딱딱한 이야기에 지루할 수 있겠다. 잠시 웃으며 가자. 나는 심한 곱슬이다. 이것도 나만의 개성인데 까치머리와 너무 비교하면서 살았다. 물론 지금은 아니지만……

곱슬머리

나는 곱슬머리로 태어났다. 악성 곱슬이다. 어린 시절 반곱슬 누나와 동생이 부러웠다. 솔직히 지금도 부럽다. 내 모발은 매우 가늘고 힘이 없다. 내 성격을 닮은 듯하다. 빗으로 넘기면 넘긴 방향으로 줏대 없이 넘어가 돌아오지 않는다. 안 좋은 것만 나에게 물려주셨다고 부모님 원망도 많이 했다.

고슴도치나 성게처럼 빳빳한 머리 스타일을 까치머리라고 한다. 군대 입대하기 얼마 전으로 기억된다. 곱슬머리를 까치머리로 바꾸기로 결심했다. 여자 친구에게 파마를 부탁했다. 스트레이트 파마약 냄새는 생각보다 강렬했다. 까치머리를 생각하며 참을 수 있었다.

두 시간 정도 지나고 드디어 개봉박두!

옛 선조들이 이런 경우 "빈대 잡으려다 초가삼간 다 태운다!"라고 했던가? 약간의 힘이 있던 모발이 뭐랄까? 힘을 잃고 시든 파처럼 머리통 위에 딱 달라붙어 있었다. 검은 바가지를 뒤집어씌워 놓은 듯했다. 내 심정도 모르고 연신 깔깔대는 여자 친구가 미웠다. 모발이 다시 기운을 차리기까지 서너 달쯤 걸렸다. 나는 항상 모자를 쓰고 밖에 나갔다.

이천에서 직장 생활을 할 때였다. 시내를 지나가는데 '대한민국 모발명장'이라는 미용실 간판이 눈에 확 들어왔다. 그래! 내가 찾던 곳이 바로 저기야. 미용 경연대회에서 수상한 상장과 사진으로 벽이 도배되어 있었다. 손님! 이쪽으로 앉으세요. 나는 앉아서 명장에게 "지금 머리 스타일이 너무나 싫은데 바꿀 수 있을까요?"라고 이야기했다. 내 머리카락을 만져 보더니 "손님! 딱 두 가지 방법이 있으세요." 나는 희망에 부풀었다.

첫째, 머리를 길어서 땋는 방법 – 나는 대두다. 머리를 땋는 모습. 생각만 해도 끔찍하다.
둘째, 지금 스타일을 유지하시는 방법 – 이건 방법이 아닌데! 문을 열고 나오고 싶었다. 두 가지 방법이 아니라 두 번째 시련이었다.

얼마 전 추적추적 비 오는 날 친구와 소주 한잔하기로 했다. 너무 일찍 와 시간이 남았다. 머리가 길었던 참에 눈에 보이는 미장원에 들어갔다. 자리에 앉자 "어머! 어디서 하셨어요? 파마가 너무 자연스럽게 잘 나왔네요." "원래 곱슬인데요." 말했다. "그래요. 좋으시겠어요. 여자들은 이런 머리 하려고 돈 주고 하는데 사장님은 복 받으신 거예요. 그리고 탈모 증세도 없으시네요. 좋으시겠다." 하셨다.

미용실 사장님의 이야기를 듣고 많이 생각했다. 내가 버리고 싶은 뭔가를 누구는 그토록 갖고 싶어 하는구나. 지금 내가 가지고 있는 것에 감사하면서 살아야겠구나. 내가 나만의 가치를 마음대로 폄하하면서 살았구나. 그게 소중한 줄도 모르고……

매일 아침 몇 알의 머리카락을 돌려 풍성하게 보이려는 친구를 생각해 보니 나는 얼마나 행복한지 모르겠다. 곱슬머리로 낳아주신 부모님께 감사한 날이다.

4. 단점만 보인다.

부부 싸움의 원인이 되는 남과 비교하기는 주로 상대방의 단점에 집중된다. 상대방의 단점을 지적한다고 해서 과연 그 단점이 금방 개선될까? 전혀 그렇지 않다. 관계만 더 악화될 뿐이다. 흥분을 가라앉히고 곰곰이 생각해 보자! 상대방의 단점이 나의 주관적인 생각은 아닐까? 상대방보다 내 내면의 문제가 있는 것은 아닐까? 단점만 보면 항상 또 다른 단점만 보일 뿐이다.

비교하지 않으려면 이렇게 하라

1. 감사하라.

감사하기의 중요성은 '신혼부부가 되는 아홉 가지 법칙' 중 두 번째 '고마운 점을 메모하라' 편에서 이미 언급한 바 있다. 감사하기가 처음에는 쉽지 않다. 하지만 한 걸음 한 걸음 걷다 보면 매사에 감사하고 있는 본인의 모습에 놀랄 거라 생각한다. 상대방을 있는 그대로 받아들이고 감사하는 마음을 갖게 되면 사소한 단점은 눈 녹듯 사라진다. 상대방도 "부족한 나를 감사하게 생각하고 있구나!" 느끼고 자신의 단점을 개선해 나가지 않을까? 감사하기는 모든 갈등을 해결하는 묘약이다.

2. 내면을 가꿔라.

쇼펜하우어는 "행복은 외부의 재산과 소유물보다는 내면에서 찾아야 한다."라고 내면의 중요성을 강조했다. 우리는 내면의 나를 찾아 대화하거나 성찰하고 가꾸기보다 외부 물질과 평판에 행복을 맡기는 경향이 있다.

　부부의 내면이 성숙해지면 서로 단점을 지적할 일도 줄어들고 행복지수 또한 당연히 올라간다. 독서와 명상을 통해 내면을 성숙시키자! 행복한 가정이 덤으로 따라올 것이다.

3. 장점에 눈을 돌려라.

　여론조사 기관 '리얼미터'에서 2008년 '배우자로부터 받은 상처 중 가장 큰 것'을 조사해 보니 '다른 사람과 비교'가 36.4%로 부동의 1위를 차지했다고 한다. 이만큼 비교당하는 상처가 치명적이라는 사실에 놀랍다. 과연 사랑하는 배우자가 단점만 가득할까? 그랬으면 결혼하지도 않았을 것이다. 배우자의 단점보다 장점에 눈을 돌려야 한다. 감사가 감사할 일을 불러오듯 장점을 보면 장점만 보인다. 장점만 보다 보면 비교할 일이 없어지는 것은 당연하다.

4. 입장 바꿔 생각하라.

　"연탄재 함부로 발로 차지 마라. 너는 누구에게 한 번이라도 뜨거운 사람이었느냐." 안도현 시인의 '너에게 묻는다'라는 시다. 짧지만 가슴을 울리기에 충분한 글이다. 배우자를 누군가와 비교하기 전에 나는 그런 이야기를 할 자격이 있는지 한번 생각해 볼 필요가 있다. 더 나가 내가 비교당하는 입장이면 어떤 기분이 들까?

도 상상해 보자. 분명 배우자를 남과 비교하는 행동에 브레이크가 걸릴 것이다. 역지사지의 마음이 비교하는 말들을 입안에서 맴돌다 사라지게 할 게 분명하다.

"세상 누구와도 자신을 비교하지 마세요. 그렇게 한다면 자신을 모욕하는 것입니다."

– 빌 게이츠 –

　　매주 등산을 한다. 나무와 이끼의 입장에서 쓴 글이 있다. 한숨 돌리고 가자.

제목: 입장 바꿔 생각해 보자

　　매주 근교에 있는 무봉산 산행에 나선다. 오래된 사찰이 입구에서부터 나를 반긴다.
　　시원한 약수 한 사발을 들이켜고 산행을 시작한다. 깔딱고개를 힘겹게 지나 산등성을 타기 시작했다. 무심히 주변 나무들을 둘러보다 이상한 점을 발견했다. 소나무, 떡갈나무 할 것 없이 모든 나무의 북쪽 방향에 이끼가 자라나고 있었다. 약초꾼들이 길을 잃었을 때 이끼를 보고 방향을 잡는다는 어느 방송도 떠올랐다.

왜 이끼는 북쪽을 좋아할까?

과학적으로는 이끼가 그늘지고 습한 곳에서 잘 자라기 때문이라고 한다. 갑자기 이끼가 아닌 나무 입장에서 생각하면 어떨까? 하는 생각이 들었다. 북쪽에서 부는 삭풍은 매섭다. 햇볕도 들지 않는다. 나무는 살아남기 위해 이끼 옷이 필요하지 않았을까 하는 생각이 들었다.

우리는 수많은 인간관계 속에 삶을 살아가고 있다. 때로는 좋은 인간관계가 어떤 일로 깨지기 일쑤다. 내 입장만 생각해서 그런 경우가 많다고 생각한다.
가끔은 입장 바꿔 생각해 보자!
이끼와 나무의 입장 차이가 이렇게도 극명한 것처럼 우리네 인생도 마찬가지 아닐까?

벌써 정상이다. 오늘도 막걸리 파는 사장님이 반갑게 맞이해 주신다. 그냥 지나치면 안 되겠지. 이렇게 높은 곳까지 막걸리를 지고 올라오셨는데…….

사장님 입장 생각해서 막걸리 한잔을 시원하게 들이켠다.

꼴깍꼴깍 소리를 내며 목을 타고 넘어간다. 너무 시원하고 맛있다.
막걸리 한잔 때문에 그 많은 생각을 한 것은 아닌가! 산을 내려오는 내내 웃음이 나온다.

죽음을 떠올려라

당신의 배우자가 어느 날 갑자기 세상을 떠났다고 생각해 보자. 그 충격과 슬픔은 말로 표현할 수 없다. 수많은 추억을 보듬어 울고 또 울 것이다. 밤마다 찾아오는 허망함으로 날을 지새울지도 모른다. 조금 더 잘해주지 못한 죄책감으로 괴로워할 것도 뻔하다.

이런 감정들을 조금이나마 덜 느끼기 위해서 우리는 가끔 죽음을 생각할 필요가 있다. 인간은 어리석다. 항상 죽음 뒤에서 너무나 많은 것을 깨닫고 느낀다. 여기 죽음 뒤에서 통곡하는 한 편의 편지를 소개하고자 한다. 분명 우리에게 많은 것을 느끼게 할 것이다.

배경 설명을 조금 더 하자면 1586년 원이 엄마가 남편 이응태에게 쓴 한글 편지다. 남편이 병마와 싸우다 31세의 나이로 죽었다. 사랑하는 마음, 원망하는 마음, 보고 싶은 마음, 비통한 마음을 애절하게 담아 관에 넣었다고 한다.

원이 아버지께!

"당신 언제나 나에게 둘이 머리 하얘지도록 살다가 함께 죽자고
하셨지요.
그런데 어찌 나를 두고 당신 먼저 가십니까?
나와 어린아이는 누구의 말을 듣고 어떻게 살라고 다 버리고 당
신 먼저 가십니까?"

"당신 나에게 어떻게 마음을 가져왔고 나는 당신에게 어떻게 마
음을 가져왔었나요?
함께 누우면 언제나 나는 당신에게 말하곤 했지요. 여보! 다른
사람들도 우리처럼 서로 어여삐 여기고 사랑할까요? 남들도 정말
우리 같을까요?"

"어찌 그런 일들 생각하지도 않고 나를 버리고 먼저 가시는가요.
당신을 여의고는 아무리 해도 나는 살 수 없어요. 빨리 당신에게
가고 싶어요.
나를 데려가 주세요. 당신을 향한 마음 이승에서 잊을 수 없고
서러운 뜻 한이 없습니다."

"내 마음 어디에 두고 자식 데리고 당신을 그리워하며 살 수 있

을까 생각합니다.

　이내 편지 보시고 내 꿈에 와서 자세히 말해 주세요.

　당신 말을 자세히 듣고 싶어서 이렇게 글을 써서 넣어 드립니다."

"자세히 보시고 나에게 말해 주세요.

　당신 내 배 속의 자식 낳으면 보고 말할 것 있다 하시고 그렇게 가시니 배 속의 자식 낳으면

　누구를 아버지라 하라시는 거지요."

"아무리 한들 내 마음 같겠습니까? 이런 슬픈 일이 또 있겠습니까?

　당신은 한갓 그곳에 가 계실 뿐이지만 아무리 한들 내 마음같이 서럽겠습니까?

　한도 끝도 없어 다 못 쓰고 대강만 적습니다."

"이 편지 자세히 보시고 내 꿈에 와서 당신 모습 자세히 보여 주시고 또 말해 주세요.

　나는 꿈에는 당신을 볼 수 있다고 믿고 있습니다. 몰래 와서 보여 주세요."

"하고 싶은 말 끝이 없어 이만 적습니다."

500년 넘게 잠들었던 편지 한 통이 깨어나 우리에게 이야기한다. "사랑하는 사람이 죽고 나서 후회해도 소용없어요. 지금을 잘 살아야 해요. 신이 내어준 시간 동안 충분히 사랑하고 사랑하세요."

가끔 사랑하는 배우자가 나의 곁을 떠났다고 생각해 보자. 생각만으로 모든 허물을 용서할 수 있지 않을까? 더 잘해줄 걸 하는 후회가 밀려올 것이다. 지금 고통을 주는 갈등이 해변의 모래알처럼 작게 느껴질 것이다. 죽음의 뒤안길에서 눈물을 흘리면서 후회하지 않으려면 가끔 배우자의 죽음을 떠올려 보는 것도 좋은 방법이다.

"내가 곧 죽는다는 걸 기억하는 건, 큰 선택을 할 수 있도록 도와주는 중요한 원동력이다. 왜냐하면 외부의 기대든, 자존심이든, 망신이나 실패에 대한 두려움이든, 뭐든 간에 죽음 앞에선 아무것도 아니기 때문이다. 죽음을 기억하면 정말로 중요한 것만 남는다."

– 스티브 잡스 –

언젠가 부모님이 내 곁에서 오래도록 사셨으면 하는 바람으로 쓴 글이 있어 소개하겠다. 소중한 사람은 영원히 내 곁에 머물러주지 않는다. 어쩌면 내가 먼저 떠날지도 모른다. 죽음 앞에서 모든 것이 부질없게 느껴진다. 그 부질없는 일로 싸워 아파하지 말고 행복하게 살았으면 좋겠다.

제목: 부모님을 보았다

일 년 넘게 만의사 약수를 먹고 있다. 지난밤 '여보! 물이 떨어져가요.' 아내의 부탁이 생각나 아침 댓바람부터 길을 나섰다. 절 입구에 산책 나온 스님이 허리를 굽혀 뭔가에 열심이다. 가까이 가보니 나뭇가지를 들고 찻길에서 안전한 가장자리로 지렁이를 옮기고 있었다. 생명을 구한 지렁이가 스님에게 감사 인사라도 하듯 꿈틀거렸고 불심에 놀란 내 가슴도 꿈틀거렸다.

약수를 받으며 무봉산을 바라보았다. 봉황이 춤을 추는 모습을 닮았다 하여 무봉산이라 이름 지었다고 한다. 봉황의 품에 자리 잡은 만의사! 천육백 년 전 인도 고승이 범종, 불경, 불사리를 가지고 지나던 중 오색구름이 영롱하게 피어올랐다고 한다. 어머님 태 속과 같은 명당에 만의사를 지었고 서산대사, 사명당 등 훌륭한 스님들이 기도를 드렸다 한다. 유서 깊은 천년 고찰이다.

약수가 통에 가득 찰 무렵 허리를 펴고 산사를 바라보았다. 한줄기 바람이 무봉산 능선을 타고 경내로 내려왔다. 풍경 소리에 놀라 일주문 쪽으로 달음질치더니 벚나무 잎사귀에 사뿐히 앉았다. 바람을 따라가던 시선이 한 곳에 멈췄다. 한참을 그 자리에 서 있었다. 일주문 앞 한 쌍의 벚나무! 거기에 아버지 어머니가 서 있었다.

왼편에 두꺼운 검버섯 껍질 옷을 두르고 오른팔 없이 서 있는 나무! 그 나무를 보고 있자니 아련한 기억들이 떠올랐다. 아버지는 88오토바이를 타고 면사무소로 출퇴근을 하셨다. 내가 중학생이던 어느 여름밤! 누군가 정신 잃은 아버지를 업고 집에 왔다. 얼굴과 다리는 피로 물들어 있었다. 칠흑 같은 밤 집에 오시다 사고를 당하셨다. 그 벚나무에서 아버지를 보았다.

아버지 나무 오른쪽 키 작은 나무! 몸통 위가 썩어 잎이 자라지 않는 나무! 아버지 사고가 있고 삼사 년이 지난 어느 가을날! 추수하시다 후진하는 콤바인에 다리가 부러지셨다. 아직도 어머니 다리 속에는 철심이 박혀 있고 지금도 다리를 절고 계신다. 키 작은 왜소한 나무는 어머니를 닮았다.

당신은 얼마나 많은 천둥번개에 팔을 잃으셨나요?
당신은 누굴 위해 사시다 피투성이가 되셨나요?

당신은 얼마나 많은 비바람에 키가 작아졌나요?
당신은 왜 그런 삶을 사시다 다리를 다치셨나요?

당신은 봄 되면 영원토록 꽃 피우실 거지요?
당신은 내 곁에 오래도록 살아계실 거지요?

제5장

부부의
사랑 이야기

세계 최장 해로 부부의 사랑 이야기

퍼시 애로스미스 할아버지와 플로렌스 할머니는 영국에서 태어났다.

1925년 6월 작은 교회에서 결혼하였다.

2006년판 기네스북에 '세계 최장 해로 부부'로 등재되었다.

그때 할아버지는 105세였고 할머니는 100세였다. 사람들이 물었다.

"금실 좋은 부부의 비결이 뭐예요?"

할아버지는 항상 아내에게 "여보! 사랑해요!"라고 말했다고 한다.
할머니는 "글쎄요…….
뭐 그리 대단하게 해드린 게 없어요.
늘 이 말을 한 것뿐이랍니다.
여보! 미안해요!"

얼마나 훈훈한 이야기인가?

이 부부는 80년의 결혼 생활을 하면서 다음 세 가지 원칙을 지켰다고 한다.

첫 번째: '항상 서로를 배려한다.'
두 번째: '화를 품고 잠자리에 들지 않는다.'
세 번째: '전날 다퉜더라도 아침이면 사랑으로 용서한다.'

두 분이 100년 넘게 살아갈 수 있었던 힘이 이런 생활 습관에서 나오지 않았을까 생각된다.

우리의 경우를 보자.
싸웠다 하면 '그래 누가 이기나 보자.'
'미안하다고 말하기 전에 절대 용서하지 않을 거야.'
이렇게 시간이 흘러간다.
노부부는 아침이면 사랑으로 용서했다.
화를 품고 잠자리에 들지도 않았다.

싸움의 기술에서 강조한 단 하루의 골든타임을 항상 명심하자.

죽음을 초월한 '앙드레 고르' 부부의 사랑 이야기

프랑스의 저명한 언론인이자 철학자인 앙드레 고르는 2007년 9월 22일 사랑하는 아내 도린 케어와 침대에서 주검으로 발견되었다. "화장한 재를 둘이 함께 가꾼 집 마당에 뿌려주시오."라는 유언이 담긴 편지와 함께……

앙드레 고르는 1923년 오스트리아 빈의 유대인 가정에서 태어났다. 제2차 세계대전이 발발하자 독일군의 징집을 피하기 위해 스위스 로잔에 머물렀다. 철학을 공부하며 실존주의적 윤리관을 만들어 나갔다. 1947년 한 카드 게임장에서 아내 도린 케어를 처음 만나게 되었다. 한 달 후 눈 내리는 거리에서 운명적으로 다시 만나 "함께 춤추러 가겠냐?"라고 프러포즈하며 그들의 사랑은 시작되었다.

영국 아가씨 도린 케어는 어머니를 여의고 아버지도 떠나 '대부' 밑에서 자라게 되었다. 전쟁 중에 배급받은 식량을 고양이와 나눠 먹으며 혼자 살았다. 앙드레 고르는 무일푼의 가난한 유대인이었다. 그들은 상처받고 외로운 영혼이라는 공통점이 있어 금방 사랑에 빠져들었다. 그리고 1949년 결혼 후 유럽 사상계의 중심인 파리로 이주했다.

도린 케어는 앙드레 고르가 추구하는 철학에 전적으로 공감하고 함께 토론했다. 수입이 일정치 않은 남편을 대신해 생계를 책임졌고 남편이 좌절할 때 격려와 사랑으로 힘이 되어 주었다. 덕분에 앙드레 고르는 수많은 저작물을 출간하고 '유럽에서 가장 날카로운 지성'이라 불릴 정도로 이름을 날렸다.

신이 그들의 사랑을 질투라도 한 걸까? 1983년 아내 도린 케어는 '거미막염'이라는 불치병에 걸렸다. 8년 전 허리디스크 수술 때 투여한 약물이 부작용을 일으켰기 때문이다. 앙드레 고르는 모든 공식 활동을 중단하고 파리를 떠났다. 시골로 들어가 아내를 사랑으로 간호했다. 고통에 몸부림치는 아내를 보며 "우리 둘은 모든 것을 공유한다고 믿고 싶었는데 당신 혼자 그런 고통을 겪고 있었습니다."라고 안타까워하며 이런 글을 남겼다.

"당신은 곧 여든두 살이 됩니다. 키는 예전보다 6센티미터 줄었고, 몸무게는 겨우 45킬로그램입니다. 그래도 여전히 탐스럽고 우아하고 아름답습니다. 함께 살아온 지 쉰여덟 해가 되었지만, 그

어느 때보다도 더 나는 당신을 사랑합니다. 내 가슴 깊은 곳에 다시금 애타는 빈자리가 생겼습니다. 내 몸을 꼭 안아줄 당신 몸의 온기만이 채울 수 있는 자리입니다." (앙드레 고르, 『D에게 보낸 편지』, '학고재' 중에서)

앙드레 고르는 58년의 결혼 생활 중 무려 23년 동안 부인을 간호했다고 한다. 그러면서 저술 활동은 멈추지 않았다. 사랑하는 아내를 주제로 쓴 글이 없다고 느껴 편지 형식으로 글을 써 출간한 책이 『D에게 보낸 편지』라는 서간집이다.

"밤이 되면 가끔 텅 빈 길에서, 황량한 풍경 속에서 관을 따라 걷고 있는 한 남자의 실루엣을 봅니다. 내가 그 남자입니다. 관 속에 누워 떠나는 것은 당신입니다. 당신을 화장하는 곳에 나는 가고 싶지 않습니다. 당신의 재가 든 납골함을 받아 들지 않을 겁니다. '세상은 텅 비었고, 나는 더 살지 않으려네.'" (앙드레 고르, 『D에게 보낸 편지』, '학고재' 중에서)

앙드레 고르는 부인과 함께 하늘나라로 가기 위해 안락사를 선택했다. 사랑하는 사람을 떠나보내고 혼자 살아가는 삶보다 영원한 사랑을 선택한 것이다. 죽음까지 초월한 그들의 사랑 앞에 가슴이 숙연해진다.

가끔 사랑하는 배우자가 나의 곁을 떠났다고 생각해 보자. 지금 사소한 갈등이 티끌보다 작게 느껴질 것이다. 죽음 뒤에 눈물과 후회가 무슨 소용이 있을까? 배우자와 지금 현재를 행복하게 살아가자.

어느 시인 부부의 사랑 이야기

내가 좋아하는 여자의 으뜸은 물론이지만 아내 이외일 수는 없습니다. ('내가 좋아하는 여자' 중 일부, 천상병)

나는 세계에서 제일 행복한 사나이다. 아내가 찻집을 경영해서 생활의 걱정이 없고, 대학을 다녔으니 배움의 부족도 없고, 시인이니 명예욕도 충분하고, 이쁜 아내니 여자 생각도 없고, ('행복' 중 일부, 천상병)

"마누라가 고마워요, 안 고마워요?" "고맙지, 고맙지. 마누라가 고맙지요. 저는 순전히 마누라 덕택에 살지요."
"마누라를 사랑해요?" "사랑하지요, 사랑하지요." "그런데요. 누구를 제일 사랑해요?" "내 아내를 제일 사랑하지요."
"옛날부터 좋아하셨어요? 옛날부터?" "물론이지요. 제가 옛날부터 마음속에서 사랑했지요." (『날개 없는 새 짝이 되어』 중 일부, 문순옥)

'귀천'으로 유명한 천재 시인 천상병의 시 안에 부인을 사랑하는 마음이 고스란히 담겨 있다. 부인 문순옥 여사는 시인이 하늘로 간 후 '날개 없는 새 짝이 되어'라는 에세이를 출판했다. 우리가 감히 흉내 낼 수 없는 지고지순한 사랑이 문장 사이에 숨 쉬고 있다.

문순옥 여사는 고등학교 시절 친오빠의 소개로 천상병 시인을 처음 만났다고 한다. 생기발랄하고 예쁜 여고생이 키 작고 초라한 시인이 마음에 들지 않았을 것이다. 천상병은 담임이었던 유치환 시인의 추천으로 문단에 이름을 알렸고 서울대 상대에 들어갈 정도의 수재였다. 1967년 '동백림 사건'으로 체포되어 전기고문을 당하고 나서 몸과 정신이 만신창이가 됐다.

1971년 거리를 헤매다가 행려불자로 서울시립정신병원에 수용되었다. 잦은 음주와 영양실조로 행색이 말이 아니었다. 동료 시인들은 거리에서 객사한 것으로 오해하고 유고시집 '새'를 출판하기도 했다. 이때 병원에서 천상병 시인을 지극정성으로 간호한 사람이 부인 문순옥 여사였다. 병 간호를 하면서 '천 선생님은 내가 아니면 안 된다.'라는 생각을 가지게 되었다고 한다. 그때 사랑이 싹트지 않았나 싶다.

72년 김동리 선생님의 주례로 부부는 결혼했다. 보통의 사람들과는 다른 결혼 생활이었다. 부인이 가난한 살림을 책임졌다. 셋방살이하면서 월세가 밀려 여러 번 이사를 다녔다. 남편의 병원비가 부족해 달러 이자를 내고 돈을 빌리기도 했다. 지인의 도움으로 인사동에 '귀천'이라는 찻집을 열기 전까지 지긋한 가난은 계속됐다.

매일 맥주 두 병을 마실 정도로 술을 좋아했던 시인은 급성 간경화로 춘천에 있는 병원에 입원한다. 복수가 차오르고 온몸이 붓고 살이 빠져 죽은 목숨이나 다름없었다. 장지를 춘천에서 알아보라는 말을 들을 정도로 상태가 심각했다. 여사는 귀천과 춘천을 오가며 병간호하였고 오 년만 더 살게 해달라고 눈물로 기도했다. 하느님이 소원을 들어주셨을까? 기적이 일어났고 시인은 정말 오 년을 더 살다 귀천했다.

'천생연분'
'22년을 함께했던 남편을 떠나보내고 나서야 비로소 이 말의 의미를 헤아릴 수 있을 것 같다. 남들은 알지 못하는 우리 두 사람만의 느낌, 남들은 이해하려 들지 않는 우리 두 사람만의 정감, 남들이 흉내 내기 어려운 우리 둘만의 내밀한 교류, 이런 것들이 있었기에 평생을 같이할 수 있었으리라고. 하늘이 맺어준 인연은 바로 이런 게 아니겠느냐고, 문득 느낄 때가 있다.' (『날개 없는 새 짝이 되어』 중 일부, 문순옥)

여사는 병들고 가난한 시인과 결혼한 것을 평생 후회하지 않았다고 말한다. 시인이 이승을 떠난 후에도 남편을 위한 삶을 살다 가셨다. 여사의 지고지순한 사랑과 헌신이 없었다면 위대한 시는 탄생되지 않았을 것이다. 어쩌면 두 분의 사랑은 우리와 비교할 수 없는 숭고하고 거룩한 사랑이 아니었을까 생각한다.

끝으로 천상병 시인의 '귀천'을 함께 감상해 보도록 하자. 배우자와 다투지 말고 행복하게 살았으면 좋겠다. 그래야, 천상병 시인처럼 이 세상 소풍이 끝나면 아름다웠다고 말 할 수 있지 않을까?

귀천(歸天)　　　 (천상병)

나 하늘로 돌아가리라.
새벽 빛 와 닿으면 스러지는
이슬 더불어 손에 손을 잡고,

나 하늘로 돌아가리라.
노을빛 함께 단둘이서
기슭에서 놀다가 구름 손짓 하며는,

나 하늘로 돌아가리라.
아름다운 이 세상 소풍 끝내는 날,
가서, 아름다웠더라고 말하리라 …….

독립운동가 부부의 사랑 이야기

정부는 2018년 일본인 여성 가네코 후미코(한국명 박문자)에게 건국훈장 애국장을 수여했습니다. 그리고 2023년 5월 이달의 독립운동가로 가네코 후미코를 선정합니다. 지금부터 독립운동가 박열 의사의 아내가 되기까지 그녀의 파란만장한 인생여정과 국적을 초월한 사랑에 대해 알아보겠습니다.

가네코 후미코는 1903년 요코하마에서 태어났어요. 어린 시절을 매우 불우하게 보냈답니다. 아버지는 가네코의 이모와 불륜관계를 맺고 집을 나가버렸죠. 심지어 출생신고를 하지 않아 가네코는 제때 학교에 들어갈 수도 없었어요. 늦게 학교에 들어갔지만 두뇌가 명석하여 학업성적은 우수했다고 합니다.

가네코가 10살이 되자 조선에 살고 있던 할머니가 찾아왔습니다. 자식이 없던 고모의 양녀로 삼아 대학까지 보내주겠다고 약속했지요. 하지만, 조선에서의 삶은 일본에서보다 더 비참했죠. 할머니와 고모는 가네코를 식모 취급했답니다. 굶는 날이 많았어요. 심지어 폭력도 일삼았습니다. 어린아이가 감당하기 힘든 삶이었죠. 결국 삶을 포기하려 자살까지 시도했습니다. 그녀는 그때 심정을 이렇게 이야기합니다.

"그렇다. 차라리 죽어버리자 ……. 그편이 조금은 편할지 몰라. 그렇게 생각한 순간 나는 완전히 구원받은 느낌이었다. 아니 완전히 구원받고 있었다. 내 몸에도 정신에도 힘이 넘쳤다. 축 처져 있는 수족이 쫙 펴지며 수월하게 일어났다. 배고픔 따위는 영원히 잊은 듯했다."(가네코 후미코 지음, 『무엇이 나를 이렇게 만들었는가.』 중에서)

이런 힘든 환경에서 1919년 가네코는 조선에서 3·1 운동을 목격했습니다. 일본 경찰과 헌병이 조선인에게 자행하는 폭행을 보며 식민지 조선인과 가족에게 학대받는 자신이 닮았다고 생각했어요. 이런 생각이 훗날 일본 천황제를 비판하고 박열 의사와 뜻을 같이 데 많은 영향을 주었다고 합니다.

가네코는 7년간의 힘든 조선 생활을 끝내고 일본으로 돌아왔어요. 하지만, 일본에 돌아오자마자 아버지는 또다시 그녀를 충격에 빠뜨렸습니다. 스님인 외삼촌에게 시집을 보내려 했기 때문이죠. 순전히 돈 때문이었답니다. 그때 고작 열일곱이었어요. 결국, 가네코는 가족을 떠나 도쿄행 기차에 오릅니다.

도쿄에서 신문을 배달하고 어묵집 점원으로 일했습니다. 영어교
습소에서 공부하며 사회주의자들과 만나 아나키스트(무정부주의
자)가 되었다고 해요. 자연스럽게 도쿄에 유학한 조선인 사회주의
자들과도 알게 되었죠. 그때 박열의 친구 정우영의 하숙집에서 우
연히 박열의 시를 읽게 됩니다. 감동받은 가네코는 정우영에게 박
열을 소개시켜 달라고 부탁하죠. 그렇게 박열과의 운명적인 사랑
이 시작됩니다.

박열과 교제하던 중 독감에 걸려 메마른 모습을 보고 가네코는
다짐합니다. "기다려 주세요. 조금 더 기다려요. 내가 학교를 졸업
하면 우리 함께 살아요. 그때는 내가 언제나 당신 곁에 있을 겁니
다. 결코 당신을 병 같은 것으로 고통받게 하지 않을 거예요. 죽을
거면 함께 죽읍시다. 우리 함께 살고 함께 죽어요."(가네코 후미코
지음, 『무엇이 나를 이렇게 만들었는가』 중에서) 아마, 이때 사랑이
시작되지 않았나 생각됩니다.

가네코가 사랑한 박열의 삶도 평탄하지 않았어요. 문경에서 태
어나 상주시 함창초등학교를 졸업한 후 15세에 서울 경성고등 보
통학교 사범과에 진학합니다. 재학 중 3.1운동 만세 시위에 가담했

다는 이유로 퇴학당하고 1919년 일본 도쿄로 건너가죠. 형편이 어려워 신문배달 등 아르바이트를 하면서 세이소쿠가쿠엔 고등학교를 다녔답니다.

1920년 조선고학생동우회를 결성해 조직 활동을 시작합니다. 사회주의자, 아나키스트들과 교류했어요. 이후, '흑도회'라는 아나키즘(무정부주의자) 단체에 가담하고 아나키즘신봉자로 활동했습니다. 1922년 겨울 친구 정우영의 하숙집에서 운명적으로 가네코를 만나 교제하다 같이 살게 됩니다.

1923년 가네코는 박열과 함께 아나키즘 단체인 '불령사'를 조직해 독립운동을 옹호하고 일제의 탄압정책을 비판합니다. 관동대지진이 일어나자 일본은 조선인들을 무참히 학살하고 연행했어요. 이때 박열과 가네코도 연행됐죠. 수사 도중 일왕부자를 폭탄으로 제거하려는 암살계획이 밝혀져 재판을 받게 됩니다.

박열과 가네코는 옥중에서 혼인신고를 하고 부부가 되었어요. 특히 옥중에서 찍은 자유분방하고 당당한 사진이 신문에 실리자 일본 사회는 발칵 뒤집혔다고 합니다. 가네코가 박열의 무릎 위에 누워 책을 읽고 있는 모습이었죠. 그리고 박열은 조선 예복과 사모관대를 가네코는 흰 저고리에 검은 치마를 입고 재판장에 나타났

답니다. 너무 멋진 모습이지 않았을까요?

가네코는 재판을 받으면서 이렇게 이야기했다고 합니다. "나는 그 시를 읽고 그가 바로 내가 찾던 사람임을 알았다. 내가 하고 싶었던 그일, 그것이 그 사람 안에 있음을 알았기에 우리의 사랑은 숙명이었다. 나는 그를 사랑하고 그의 일에 동참하여 그와 함께 이 법정에 선 일에 대해 추호의 후회도 없다."

재판장이 이름을 묻자 박열은 "나는 박열이다."라고 한국말로 답했고 가네코 또한 "박문자"라고 말했다고 합니다. 이후, 최종 판결에서 사형이 선고되자 박열은 "재판은 유치한 연극이다"라고 소리쳤고 가네코는 만세를 외쳤다고 하죠. 너무 당당한 모습에 일본인조차 감동했다고 합니다. 일본은 두 사람의 전향을 회유할 목적으로 옥중에서 같이 보낼 시간을 줬다고 합니다. 하지만 끝까지 전향하지 않았죠.

이후, 두 사람은 무기징역으로 감형됩니다. 가네코는 박열과 다른 형무소로 옮겨져 옥살이를 했어요. 가네코는 1926년 7월 옥중에서 의문스럽게 죽음을 맞이합니다. 그때가 꽃다운 23살이었답니다. 박열은 소식을 듣자 매우 슬프게 오열했다고 해요. 일본은 가네코가 자살했다고 주장하지만 임신 사실을 숨기려고 형무소 측에서 살해했다는 주장도 있답니다.

다행히 가네코의 유해는 생전 유언대로 국내로 옮겨졌습니다. 문경에 있는 박열 의사 기념관 옆에 잠들어 있답니다. 안타깝게도 사랑하는 남편 박열은 곁에 없어요. 왜냐하면 22년 옥살이 끝에 풀려난 박열이 한국전쟁 때 납북되었기 때문입니다. 참 운명은 알 수 없는 것 같습니다.

박열은 가네코의 기일에 아무것도 먹지 않고 추모했다고 합니다. 이승에서 부부의 연은 짧았습니다. 하지만, 이처럼 깨끗하고 영롱한 사랑이 또 있을까요? 두 분의 거룩하고 숭고한 사랑 앞에서 옷깃이 여미어지네요. 지금을 살아가는 우리는 반성해야 합니다. 그분들보다 좋은 환경에서 살고 있는데 서로를 위하는 마음과 사랑은 너무 작은 건 아닌지 ……. 우리에게 시간이 얼마나 남아있는지 아무도 모릅니다. 그것이 이 순간 죽도록 사랑해야 하는 이유입니다.

여보! 다시 결혼하자

초판인쇄 2025년 5월 2일
초판발행 2025년 5월 2일

지은이 김유하
펴낸이 채종준
펴낸곳 한국학술정보(주)
주   소 경기도 파주시 회동길 230(문발동)
전   화 031-908-3181(대표)
팩   스 031-908-3189
투고문의 ksibook1@kstudy.com
등   록 제일산-115호(2000. 6. 19)

ISBN 979-11-7318-396-6 03810

이담북스는 한국학술정보(주)의 학술/학습도서 출판 브랜드입니다.
이 시대 꼭 필요한 것만 담아 독자와 함께 공유한다는 의미를 나타냈습니다.
다양한 분야 전문가의 지식과 경험을 고스란히 전해 배움의 즐거움을 선물하는 책을 만들고자 합니다.